共和国的历程

桂边围歼

广西解放与白崇禧集团被歼

刘干才 编写

蓝天出版社 吉林出版集团有限责任公司

图书在版编目（CIP）数据

桂边围歼：广西解放与白崇禧集团被歼／刘干才编写.
—北京：蓝天出版社，2014. 1（2023.3重印）
（共和国的历程）
ISBN 978-7-5094-1065-3

Ⅰ．①桂… Ⅱ．①刘… Ⅲ．①革命故事—作品集—中国—当代 Ⅳ.
①I247. 8

中国版本图书馆 CIP 数据核字（2013）第 305437 号

桂边围歼——广西解放与白崇禧集团被歼
编　　写：刘干才
策　　划：金永吉　荆忠峰
责任编辑：祖　航　梅广才
出版发行：蓝天出版社　吉林出版集团有限责任公司
地　　址：北京市复兴路 14 号
邮　　编：100843
电　　话：010—66983715
经　　销：全国新华书店
印　　刷：北京柏玉景印刷制品有限公司
开　　本：710mm×1000mm　1/16
字　　数：69 千
印　　张：8
版　　次：2014 年 4 月第 1 版
印　　次：2023 年 3 月第 3 次
定　　价：29.80 元

前　言

　　中华人民共和国自 1949 年 10 月 1 日成立以来，已走过了六十多年的风雨历程。历史是一面镜子，我们可以从多视角、多侧面对其进行解读。然而有一点是可以肯定的，那就是，半个多世纪以来，在中国共产党的领导下，中国的政治、经济、军事、外交、文化、教育、科技、社会、民生等领域，都发生了深刻的变化，中国人民站起来了，中华民族已屹立于世界民族之林。

　　这段时间放到整个历史长河中是短暂的，有如弹指一挥间，但它带给中国的却是极不平凡的。六十多年里神州大地经历了沧桑巨变。从开国大典到 60 年国庆盛典，从经济战线上的三大战役到经济总量居世界前列，从对农业、手工业、资本主义工商业的三大改造到社会主义市场经济体制的基本确立，从宜将剩勇追穷寇到建立了强大的国防军，从废除一切不平等条约到独立自主的和平外交政策，从"双百"方针到体制改革后的文化事业欣欣向荣，从扫除文盲到实施科教兴国战略建设新型国家，从翻身解放到实现小康社会，凡此种种，中国人民在每个领域无不留下发展的足迹，写就不朽的诗篇。

　　六十几年在历史的长河中犹如沧海一粟，但对身处其间的个人却是并非无足轻重的。其间究竟发生了些什么，怎样发生的，过程怎样，结果如何，非人人都清楚知道的。对此，亲身经历者或可鲜活如昨，但对后来者却可能只是一个概念，对某段历史的记忆影像或不存在或是模糊的。基于此，为了让年轻人，特别是青少年永远铭记共和国这段不朽的历史，我们推出了这套《共和国的历程》。

《共和国的历程》虽为故事形式，但与戏说无关，我们是想借助通俗、富于感染力的文字记录这段历史。这套丛书汇集了在共和国历史上具有深刻影响的重大历史事件。在丛书的谋篇布局上，我们尽量选取各个时代具有代表性的或深具普遍意义的若干事件加以叙述，使其能反映共和国发展的全景和脉络。为了使题目的设置不至于因大而空，我们着眼于每一重大历史事件的缘起、过程、结局、时间、地点、人物等，抓住点滴和些许小事，力求通透。

历史是复杂的，事态的发展因素也是多方面的。由于叙述者的视角、文化构成不同，对事件的认知或有不足，但这不会影响我们对整个历史事件的判断和思考，至于它能否清晰地表达出我们编辑这套书的本意，那只能交给读者去评判了。

这套丛书可谓是一部书写红色记忆的读物，它对于了解共和国的历史、中国共产党的英明领导和中国人民的伟大实践都是不可或缺的。同时，这套丛书又是一套普及性读物，既针对重点阅读人群，也适宜在全民中推广。相信它必将在我国开展的全民阅读活动中发挥大的作用，成为装备中小学图书馆、农家书屋、社区书屋、机关及企事业单位职工图书室、连队图书室等的重点选择对象。

编　者
2014 年 1 月

一、 中央关注广西

●解放军战士协力奋战，勇猛阻击敌人。敌人
  打进去，被解放军赶出来，再打进去，再被
  赶出来……

●作战命令通过解放军的红色电波传给各路部
  队。之后，解放军整装待发，开始了对白崇
  禧集团的全面围剿。

●白崇禧写道："此次南路攻击乃我生死存亡
  的关键，胜则大量美援立即可获，败则
  涂地！"

军委指示追歼白崇禧

在解放战争取得节节胜利的形势下，国民党在中南地区却抛出了桂系头子白崇禧这最后一张王牌。

为了进行最后的负隅顽抗，白崇禧集团在湘、桂、粤部署防御，妄图阻止解放军向华南、西南地区挺进。白崇禧觉得这里是自己的老巢，所以气焰很嚣张。

到了1949年8月下旬，白崇禧率部进驻衡阳，策划完成了背靠广西，面对江西、湖南，以衡阳、宝庆为中心，与湖南、广东之敌相连的"湘粤联合防线"，部署国民党兵力40万人。

而解放军以四野的主力和二野的四兵团组成共约53万人的兵力和白崇禧集团对抗。

为了剿灭白崇禧集团，毛主席制定了采取远距离包围迂回方法追歼白崇禧部。

1949年7月16日，毛泽东以中央军委的名义，致电林彪、邓子恢、萧克等人，要求务必作好追歼白崇禧部的战斗部署。

电文如下：

林邓萧，并告刘张李：

14日20时电悉。

（一）广东只有残破不全之敌军4万余人，而我则有超过4万人之游击部队，只需要两个军加上曾生两个小师即够解决广东问题，至多派3个军加曾生部即完全够用，不需要派出更多兵力。

（二）判断白崇禧准备和我作战之地点不外湘南、广西、云南三地，而以广西的可能性为最大。但你们第一步应准备在湘南即衡州以南和他作战，第二步准备在广西作战，第三步在云南作战。白部退至湘南以后，便只有10万人左右了。宋希濂、程潜两部是退湘西、鄂西，不会往湘南。

（三）和白部作战方法，无论在茶陵在衡州以南什么地方，在全州、桂林等地，或在他处，均不要采取近距离包围迂回方法，而应采远距离包围迂回方法，方能掌握主动，即完全不理白部的临时部署而远远地超过他，占领他的后方，迫其最后不得不和我作战，因为白匪本钱小，极机灵，非万不得已决不会和我作战。因此，你们应准备把白匪的10万人引至广西桂林、南宁、柳州等处而歼灭之，甚至还要准备追至昆明歼灭之。

（四）歼灭白匪应规定我军的确实兵力。我们提议为8个军，以陈赓部3个军、四野5个军组成之。此 8 个军须以深入广西、云南全歼白匪为目的，不和其他兵力相混。陈赓之另一个军在湘南境内可以参加作战，但不入广西，准备由郴州直出贵阳，以占领贵州为目标。陈赓之 3 个军则于完成广西作战后出昆明，以占领并经营云南为目标，此点已和邓小平同志面谈决定（刘邓共 50 万人，除陈赓现率之 4 个军外，其主力决于 9 月取道湘西、鄂西、黔北入川，11 月可到，12 月可占重庆一带。另由贺龙率 10 万人左右入成都，由刘邓贺等同志组成西南局，经营川、滇、黔、康 4 省。你们经营之范围确定为豫、鄂、湘、赣、粤、桂 6 省，但你们的五十军须准备去云南，如白匪主力退云南，则还须考虑加派一部入滇助战）。

（五）陈赓 4 个军到达郴州之道路，请考虑全部走遂川、上犹、崇义，分数路前进。未知该区有几条汽车路否？如有适当道路，似以这样走为好。

（六）专门担任经营江西的两个军，不应担任其他任务。专门担任经营广东之两个军，应取道江西大庾岭前进，而不走湘南，因湘南敌我屯兵太多，粮食必感困难。

（七）准备深入广西寻歼桂系之 8 个军（四野 5 个军、陈赓 3 个军），进到郴州地区后，如能利用湘桂铁路运粮接济，最好全部取道全州直下桂林、南宁，以期迅速。否则，四野5个军取道广州、肇庆西进，迂回广西南部，陈赓3个军则经全州南进。或者以陈赓3个军协同四野专任经营广东之两个军共5个军走大庾岭出广州，但陈赓不担任广州工作，只经过一下即出广西南部，而以四野5个军（其中包括五十军）由全州出桂林。

（八）曾生部应即速出动，走江西入广东。

（九）以上是否适宜，请你们考虑提出意见。

军委

毛泽东电报中所指的"林、邓、萧"，即林彪、邓子恢、萧克；所指的"刘、张、李"，即刘伯承、张际春、李达；所指的"刘、邓、贺"，即刘伯承、邓小平、贺龙。

接着，毛泽东又在7月17日发出电报，补充指示追歼白崇禧部的意见。

电文说：

中央军委对7月16日
关于追歼白崇禧部指示的补充意见
（1949年7月17日）

林彪、邓子恢、萧克，并告刘伯承、张际春、

李达、陈毅、饶漱石、粟裕:

7月16日电谅达。兹补充数点,请你们连同前电一并考虑电复。

(一)基于白崇禧匪本钱小、极机灵,非至万不得已决不会和我决战之判断,基于四野之总任务在于经营华中及华南6个省,二野之任务在于经营西南4个省,以及进军之粮食道路等项情况,我们认为你们各部应作如下之处置。

(二)陈赓4个军即在安福地区停止待命,不再西进。待十五兵团到达袁州后,由十五兵团之1个军为先头军向赣州开进。这个军即确定其任务为占领赣州及经营赣南10余县。陈赓3个军、十五兵团两个军统由陈赓率领,经赣州、南雄、始兴南进,准备以3个月时期占领广州。然后十五兵团两个军协同华南分局所部武装力量及曾生纵队,负责经营广东全省,陈赓率四兵团3个军担任深入广西寻歼桂系之南路军,由广州经肇庆向广西南部前进,协同由郴州、永州入桂之北路军寻歼桂系于广西境内。然后陈赓率自己的3个军入云南。在此项部署下,陈赓四兵团以外之另一个军即由安福地区入湖南,受十二兵团指挥,暂时担任湖南境内之作战,尔后交还刘伯承、邓小平指挥,由湖南出贵州。曾生两个小师应即提早结束整训,遵陈赓道路或仍走粤汉路速去广州。

（三）四野主力除留置河南的 1 个军、留置湖北的重炮部队、留置赣北的 1 个军、留置湘西、湖北、湘中的 3 个军以外，以 5 个军组成深入广西寻歼白匪的北路军，利用湘桂铁路南进，协同陈赓歼灭桂系于广西境内。

（四）上述这种部署是不为白匪的临时伪装布阵（例如过去在赣北，现在在茶陵，将来在郴州、全州等处）所欺骗，采取完全主动的部署，使白匪完全处于被动地位，不管他愿意同我们打也好，不愿意同我们打也好，近撤也好，远撤也好，总之他是处于被动，我则完全处于主动，最后迫使他不得不和我们在广西境内作战。估计桂系是不肯轻易放弃广西逃入云南的，因为云南卢汉拒其入境，云南还有我们的强大游击部队，至少桂系要留下一部在广西，而以另一部逃入云南，那时我则以陈赓 3 个军配以你们的曾泽生军，就可以在云南境内歼灭之。到 11 月间，我二野主力 6 个军已入黔川，他想逃入黔川也不可能。西北胡宗南部主力已于 7 月 12 日在眉县、扶风地区被我一野歼灭，其残部仅剩 7 万人逃往汉中一带，我一野决以 9 个军西入甘、宁、青，寻歼马匪，而准备于今冬或明春抽 3 个军出川北，协同二野经营西南，使西南残匪获得全歼。你们意见如何？

望告。

在中共中央和毛泽东的指示下，1949 年九十月份，解放军四野和二野四兵团连续实施了衡（阳）宝（庆）战役和广东战役，取得了辉煌的战果。

解放军四野和二野四兵团的这些胜利，粉碎了国民党"华中军政长官公署"白崇禧集团、"华南军政长官公署"余汉谋集团，以及"川湘鄂边绥靖公署"宋希濂集团共同谋划的"湘粤联合防线"。

战役迫使余汉谋集团残部逃至粤桂边界的博白地区，而白崇禧集团被解放军歼灭 4 个主力师后，仓皇逃回老巢广西，他们终于尝到了解放军的厉害。

在衡宝战役后，白崇禧率领剩余的 5 个兵团 12 个军退至湘桂边界，连同余汉谋集团共约 20 万人，以桂林为中心，沿湘桂路及其两侧组织防御，妄图以其强大的火力阻止解放军进入广西。

而这个时候，解放军担任衡宝战役和广东战役的三路大军正以摧枯拉朽之势，追歼敌人。

1949 年 10 月底，四野十三兵团进至湘西南的洞口、武冈地区；十二兵团进至湘南的东安、零陵、祁阳地区；二野四兵团进至粤西南的阳江及其以西地区。

为了阻止解放军进入广西境内，白崇禧集团和余汉谋集团对广西边境的解放军发起猛烈进攻。

白崇禧集团的气焰极其嚣张和狂妄，白崇禧自以为广西是他的老巢，有着天时地利人和的优势，所以根本不把解放军放在眼里。

　　当时，敌人的飞机以轻重炮弹及燃烧弹轮番轰炸解放军的阵地，山野里重炮齐发，一时硝烟弥漫，天空也被火光给染红了。

　　敌人疯狂地叫喊着，步兵协同向前猛冲，各兵团协同作战。解放军一时不好施展，在阵地上进行着顽强的抵抗。

　　解放军以远射程炮弹射击敌人机场，打到敌人机场东北跑道附近。

　　白崇禧集团的空军起飞受到威胁，一时间，陆空联络中断。

　　敌人进攻受阻，给了解放军难得的战机。

　　敌人的飞机经过休整后，空军继续起飞，掩护陆军继续攻击前进。

　　然而，每一村落据守的解放军都发挥了高昂的革命热情，奋力阻击敌人。

　　虽然火力没有敌人的强大，但是解放军节省弹药，发射准确，让敌人同样付出了惨重的代价。

　　解放军的顽强毅力让敌人大为惊叹。

　　有的村落已被白崇禧空军炮火摧毁，而解放军战士仍协力奋战，勇猛阻击敌人。敌人打进去，被解放军赶出来，再打进去，再被赶出来……

中央关注广西

解放军打得敌人垂头丧气，望而生畏。

敌人各级指挥官多次督战，强迫部队对解放军进攻。在每一村落据点，敌人都投掷了无数的炸弹炮弹，经过反复争夺，敌人才勉强占领那些据点。

余汉谋在指挥所目睹了战斗的全过程，他深深地感觉到解放军的战斗力远远高于自己的军队，如果不是强大的火力，他们恐怕早就完蛋了。

毛泽东命令"迂回包剿"

毛泽东针对白崇禧的部署情况，认为广西作战的关键在于以大迂回方式围歼敌人。为此，他在 1949 年 9 月 12 日为中央军委起草的电报曾发给作战部队：

电文如下：

中央军委关于对白崇禧及西南各
敌采取大迂回先包围再回打的方针
（1949 年 9 月 12 日）

邓张李，并告林邓谭：

申灰电悉。

（一）同意二野在华中地区通过时的作战事宜统由四野首长指挥。

（二）如果白崇禧占领贵州省城，无论二野、四野均暂时不要去打他。二野的两个兵团以主力一直进至重庆以西叙府、泸州地区，然后向东打，占领重庆。以一个军留在乌江以北（以遵义为中心）。二野之陈赓兵团，在配合四野 5 个军完成广西作战之后，即进占云南，完成对贵阳之包围。然后，四野以一部由广西向北，二野以适当力量分由云南、黔北向东向南包围贵阳之敌而歼灭之。总之，我对白崇禧及西南各敌均取大迂回动作，插至敌后，先完成包围，然后再回打之方针。

军委

毛泽东电报中的申灰即指 9 月 10 日。电报中的叙府，即指叙州府，就是如今四川宜宾的旧称。

为了把敌人消灭在广西境内，四野决定集中已进到湘桂边界的三十八、三十九军共 10 万多人，位于衡宝一线的四十、四十一、四十五军约 14.4 万人，二野四兵团十三、十四、十五军和四野十五兵团四十三军约有 18 万人，总计 30 个师共 42 万多人，分西、北、南三路，做好了发起广西战役的准备。

各部队准备好后，四野司令员林彪遵照毛泽东的大迂回大包围的作战方针，在 11 月 4 日，致电中央军委，汇报了四野的行动部署。

各军具体部署如下：

以四野十三兵团之第三十八、三十九军的八个师，约 10 万人组成西路迂回兵团，首先袭歼湘黔边境靖县、通道之敌第十七兵团，尔后沿湘黔桂边境进攻，第一步迅速占领思恩、河池，堵死敌人逃往贵州的道路；第二步向百色进攻，封闭敌西逃云南之路；协同南路兵团在战略上包围敌人。

以二野四兵团的第十三、十四、十五军，和四野第十五兵团的第四十三军共十二个师，18万余人，组成东路迂回兵团，首先进占信宜、博白地区，切断敌经雷州半岛从海上逃跑的道路，尔后与我西路迂回兵团构成对白崇禧集团在战略上的钳形包围，封闭敌人于广西境内。

以四野十二兵团的第四十、四十一、四十五军组成北路进攻兵团，战役发起后，先按兵不动，抑留桂北敌军，待我西路、东路兵团进入广西境内构成对敌钳形合击态势时，即沿湘桂铁路及其以东地区向敌发起攻击。

四野关于广西战役的部署意见，很快得到中央军委的批准。

解放军战士集结于广西边境，进行了出发前的政治动员，战士们热情高涨，纷纷下决心要捣毁白崇禧的老巢。

白崇禧集团的军事企图

广西是桂系军阀白崇禧的老巢，其在广西的势力不可轻视，这也是国民党要抛出白崇禧这张王牌的重要原因。白崇禧也有"小诸葛"之称，连军事天才林彪也吃过他的败仗。

白崇禧逃回广西后，企图依靠广西境内山脉连绵、河流纵横交错等复杂的地形条件，阻止解放军进入广西，然后在广西积蓄力量准备反攻。

白崇禧利用自己在广西盘踞20余年的统治基础，煽动与培植排外情绪，到处征兵，抽调反动地方武装，迅速补充其被解放军击溃的残余部队和重建被解放军歼灭的部队建制，使他的军事力量达到5个兵团、12个军、30个师，有15万人之多。

白崇禧在扩编正规部队的同时，还在广西范围内成立了5个军政区，组织起10多万人的反动地方武装。

此外，白崇禧还调集粤系军阀余汉谋所属第二十三、六十三、七十、一〇九军等残部4万多人。

白崇禧经过整合和招纳，其总兵力共达30万人，其中正规军近20万人，成为国民党在大陆最后一个较大的军事集团，可谓是困兽犹斗。

白崇禧的企图是：利用有利地形条件，勾结云、贵国民党军队残部，组成"西南防线"，继续盘踞广西；如解放军攻势强大，难以抵御，则"进入越南，以围剿越南人民武装为条件，取得法国的信任，立足越南以图再举"，"或确保左江、右江，屏蔽昆明，支援海南，以争取外援"。

为了达到自己的目的，白崇禧以 5 个军的兵力部署于桂北地区，阻止解放军进攻；以 7 个军的兵力部署于桂林以南地区，机动使用。

其具体部署是：

以国民党第十七兵团司令官刘嘉树指挥的第一○○、一三○军部署于湘桂黔边境的靖县、通道、榕江地区，阻止解放军向桂西北进攻，保障其逃往云贵的道路；

以第一兵团司令官黄杰指挥的第十四、七十一、九十七军和第十兵团司令官徐启明指挥的第四十六、五十六军集结于桂林及其以北地区；

在东安、全县、黄沙河的湘桂铁路段部署第四十六、十四军和第九十三军 3 个军，在解放军对广西进攻时，于正面节节抗击，破坏道路，迟滞解放军前进；

以第三兵团司令官张淦指挥的第七、四十八、一二六军集结于恭城、阳朔地区；

第十一兵团司令官鲁道源指挥的第五一八、一二五军集结于龙虎关、荔浦地区，准备机动，视情况在湘桂铁路和桂江南岸组织防御，或向柳州、南宁撤退。

解放军多路挺进广西

　　1949 年 11 月 6 日，解放军多路大军发动了广西战役。担任战略迂回任务的四野十三兵团的三十八、三十九军，分别由湘南的武冈洞口地区向西秘密出发，取道黔桂边境的苗族、壮族地区向河池、思恩攻击前进。

　　到了 11 月 9 日，中央军委和毛泽东发出重要指示。电文如下：

　　　　除程子华（十三兵团）着重切断白匪经柳
　　州退贵州，经百色退云南的道路外，我四兵团
　　应着重切断白匪退越南的道路，应尽一切可能
　　不使白匪退往越南。

　　为了早日解放广西全境，解放军东、西两路迂回兵团，在秘密隐蔽中加速前进。解放军西路兵团攻占通道、靖县后，白崇禧的十七兵团一〇〇、一〇三军在解放军追击部队攻击下，逃向黔桂边榕江、梅塞地区。

　　解放军四野十三兵团勇猛追击，于 10 日进占通道、靖县，13 日占黎平、从江，14 日占榕江。然后，解放军翻越湘桂黔边界的苗岭大山脉，经黔南揳入广西，向河池、百色快速进军，目的在于切断白崇禧的西逃退路。

解放军南路部队于 11 月 10 日开始行动，其中二野四兵团的十三军在当天由罗定向廉江开进，其他主力部队向信宜以北开进，目的在于切断白崇禧的海上逃路。

这时，位于湘桂线上的解放军北路军四野十二兵团尚未出动，以避免过早地惊动白崇禧集团。

11 月 10 日，白崇禧集团从全县撤军。解放军十二兵团四十一军在 11 月 14 日移至新宁、东安；四十五军由祁阳、零陵移到道县，等待西、南两路军完成迂回后再从正面发起攻击。

解放军多路大军的逼近，让白崇禧开始意识到自己的处境很危险：西路有解放军迂回猛进，逃向云南之路将被截断，贵阳已于 11 月 15 日被解放军二野四兵团攻占。

但白崇禧却发现南线只有解放军十三军孤军深入，兵力单薄，而北路尚未行动，便部署发动"南线攻势"。

白崇禧急忙调遣桂系主力三、十一兵团共五个军分别由阳朔、荔浦、恭城、龙虎关等地南进到东南容县、岑溪一线，并令位于西线通道地区的国民党十七兵团南占百色，以一、十兵团后继，趁解放军兵力尚未展开的机会，控制广西西南滨海地区，打开逃往雷州半岛和国外的通路，取得局部主动，以挽救其覆灭的命运。

白崇禧在给部下的动员令中写道：

此次南路攻击乃我生死存亡的关键，胜则

大量美援立即可获，败则涂地……

　　解放军四野很快就获悉了白崇禧集团的企图，他们分析后认为，白崇禧的判断失误，正是解放军剿灭其主力的最佳时机。于是，四野制定了作战部署。

　　命令如下：

　　　　令东路兵团之第十三军集结于廉江、化县地区，第十四、第十五军集结于信宜、茂名地区，准备阻击敌人。第四十三军于15日由广州出发，兼程进至信宜以北之东镇圩地区集结，准备在西、北两路兵团的支援下歼灭南线进攻的敌人。

　　　　令西路兵团之第三十八军迅速占领思恩、河池，追歼敌第十七兵团，并继续向果德、百色前进，切断敌向云南的逃路；令第三十九军改向柳州、宜山前进，并继续向宾阳疾进，割断南线之敌与南宁之敌的联系。

　　　　令北路兵团之第四十一军向阳朔、蒙山前进，第四十五军沿湘桂铁路及其东侧向象县、武宣前进，第四十军直取梧州，侧击敌第十一兵团，配合东路我军作战。

　　该作战命令通过解放军的红色电波传给各路部队。

之后，解放军整装待发，开始了对白崇禧集团的全面围剿。

11 月 24 日，毛泽东电示林彪、陈赓：

> 这是歼灭该敌的好机会，为此请你们注意：陈赓所率 4 个军除 1 个军仍照陈赓前提部署，由罗定、容县之线迂回敌之左侧背外，主力不要进入广西境内，即在廉江化县茂名信宜之线布防，置重点于左翼即廉江化县地区，待敌来攻而歼灭之。同时以一部对付余汉谋之配合进攻。

根据毛泽东的指示，我野战司令部迅即命令：

> 令四兵团十三军配属十四军四十二师集结于廉江、化县之间地区，构筑阵地，坚决阻击敌人；
>
> 令四兵团主力迅速进至信宜、茂名南北地区隐蔽集结；
>
> 令在广州地区的十五兵团之四十三军，日夜兼程，秘密西进，至信宜东北之东镇城一带集结；
>
> 令我西路军一部改向思恩、柳州方向急进，尔后突过红水河，攻取宾阳，直插广西心脏地

中央关注广西

区，一部则继续向果德、百色前进，追歼西窜之敌；

令中路军即速大举南下，向梧州、荔浦等地攻击前进。

接到四野司令部命令时，我十三兵团指挥所正经衡阳向桂林一线运动，因此，得以及时调整进入桂北地区的两个军的行军路线。

二、 解放广西各地

●山大决心大，再高也不怕！

　爬山是历史，艰苦是光荣！

　解放全广西，活捉白崇禧！

●解放军第四野十二兵团的四十一军担负解放
　省城桂林的军事任务，分三路大军奔袭
　桂林。

●桂林人民手持彩旗，激情高唱《解放区的天
　是明朗的天》。全城沸腾，人们热烈欢呼：
　"桂林解放了！"

艰苦的征程

我野战司令部命令：

令三十八军的先头部队继续向百色前进，由梁兴初军长、梁必业政委率军主力转向德胜前进；

令兵团副司令兼军长刘震、政委吴信泉率领的三十九军则停止西进，立即南下，军主力分路向柳州、宾阳急进，插入广西心脏地区，以求在由桂林南逃之敌的道路上布设层层防线予以拦截；

令一一五师以每日70公里的急行军抢占珠玉塘渡口，搜集船只，保障主力顺利渡过浔江，继续向南急进。

沿湘桂铁路南下的中路第四十一军，在军长吴克华、政委欧阳文率领下，以日行60公里的速度向桂林急进，于11月22日解放了当时广西省会桂林。接着由钟伟军长等率领的四十九军进入桂林，控制桂林地区。由十二兵团副司令兼军长韩先楚、政委罗舜初率领的四十军，于25日解放桂东重镇梧州。至此，以粉碎敌"南线攻势"

的钳形包围已经形成。

按照多路围剿白崇禧的军事部署，解放军四野十三兵团的三十八军担负迂回任务。1949 年 10 月，该部队急行军 500 余公里后，抵达了苗岭山下，他们还必须穿越湘桂黔边境的苗岭大山脉，这样才可以进入广西境内。

苗岭大山脉的海拔很高，站在上面常常可以看到身边飘浮的云彩，山路崎岖，少有人烟，粮食缺乏，有时候遇到大雨，山路更加难走……

面对种种困难和阻力，解放军战士并没有丧失斗志，而是愈加坚强。战士们下决心要完成党和人民交给他们的光荣使命，解放广西全境，进而清剿白崇禧集团的反动势力，使广西人民也和全国人民一样，去分享新中国解放的喜悦。

苗岭大山脉有"云雾山"之称，到底有多高，谁也说不清，因为高得直入云霄，高处的山常常被云雾所遮挡，于是大家就用出汗量来计算山的大小。

他们是这样计算的：把累出一两身汗的山叫小山，3 公里至 5 公里；把累出三四身大汗的山叫中等山，5 公里至 10 公里；把衣服全部湿透的山叫大山，10 公里至 20 公里。

苗岭大山脉连绵起伏，常常是刚翻越一座，前面又出现了一座，据统计中等以上的大山共翻越 25 座。山路崎岖难走，有的坡度竟然达到 60 度以上，必须四肢爬行才可以通过。

即便这样，战士们却笑着说：

"过去说爬山，其实都是用两脚走路，只能算走山，这回可真是爬山啦！"

战士们没有任何的埋怨和唠叨，有的只是信心，在山谷里面总是回荡着战士们响亮的口号：

山大决心大，再高也不怕！

爬山是历史，艰苦是光荣！

解放全广西，活捉白崇禧！

根据当地人讲，这条山脉曾经只有两支部队勉强通过：十多年前，少数红军到过这里；另一次是抗战后期国民党有些溃兵曾来过。

当地人说，像这么大规模的兵力翻越这座山还是第一次，浩浩荡荡的队伍还带着大炮从这里经过，真的是难以想象的事情。

这山真的很难走，难怪没有大部队在这里行军。没有现成的路，或者山崩路坍后无法通过，就得用炸药开路，响声能够震动山谷。前卫部队的战士说："这比榴弹炮的声音还大，简直和原子弹差不多。"为了能够让大部队顺利通过，工兵们日夜抢修道路，克服了无数困难。

这个时候，连雨也给他们添麻烦。由于没有雨具，他们的衣服全都淋透了，而且道路变得十分泥泞，走起来很费劲，时常会绊倒在地。

为了防止滑倒，战士们都拄着一根木棍，并成立了"互架组"。在险要的地带，指挥员就指挥大家如何走，大家一个看着一个，小心谨慎地学习。尽管有了大家的帮助，滑倒在地的人还是有很多，一个人甚至连跌数十次，不过每次都坚强地爬了起来。

在这里睡觉才是更大的困难，难以找到宿营的地方，有的战士就干脆坐着背包撑起雨伞睡觉。夜间走路的阻力更大，于是就手牵手人拉人，慢慢地摸索着前进，一夜只走了10公里路。

人都很难通过，何况马呢？当时马的死亡数量逐日增加。指挥部决定把军部的马留在后面另寻道路。政治部只留下了邢干事的那匹马，这匹马是警卫营的战士费了好大的劲才硬拖上来的。每次经过险要的地带，马都被吓得直哆嗦，于是战士就在马身上拴起绳子，在后面拖住，让马慢慢地向下走。

一天夜晚，战士们在坳洞宿营，因为找不到吃的，警卫员们和往常一样穿着湿衣服，准备坐着休息。

这时警卫排长站起来说：

"同志们！这几天很艰苦，吃不饱睡不好，而且现在连火都没有，我们还是拾些柴火，烤干衣服才能恢复体力啊！"

战士们的心情又开朗了，纷纷出去拾柴草。这时教育干事邢上善忽然从外面回来了，端着几个大饼子，特意来送给首长，这是他用马带来的3斤白面制成的面饼。

政治部主任分给大家吃，在这十分饥饿的时候，吃到这么美味的大饼，真是太享受了。

由于对广西的地形缺乏精确的测量，军用地图也就减低了效用。虽然从地图上看，有很多村落，但在实地根本找不到；地图上没有大山，可现实中却有很多。有些大山，根本就不符合宿营的条件。

为了勘察道路情况，指挥部的科长、参谋，常常走在队伍的最前头，指挥大家行走，并寻找宿营的地方。倘若碰到苗人的竹尖或其他原因不能通过时，就得原路返回，重新寻找其他的出路。

军长梁兴初曾经负过伤，军政治委员的身体也很虚弱，但他们却总是以身作则，给战士们做了很好的榜样。一次，山洪挡住了去路，报社编辑孙成本脱下衣服站在水里，对政治部主任说：

"我把你背过去吧！"

政治部主任谢绝了，他和战士们一样，徒步踏过了山洪。之后，他和战士讲起了十多年前红军经过苗岭的故事，让战士们的斗志更加高涨起来。

驭手的困难最大。每次经过危险地带时，他们组织起来把驭马一匹一匹护送过去，如果马陷在泥里或掉在沟里，就得全部下去营救。

炊事员和运输员们身上的负担更大，他们慢慢爬行，脸上红彤彤的。

机枪射手和机炮兵们扛起武器，有时一天只走一两公里，但他们的热情却很高。有个师的山炮营曾有六天时间没吃上一顿饱饭，可他们仍然顺利完成了所担负的军事任务。

再高的山也无法阻挡解放军前进的步伐。白崇禧集团做梦也想不到解放军会从大山那边跨过来，像猛虎下山一样。一天晚上，三十八军突然出现在柳州以西的黔桂公路上，像神兵从天而降。敌人乱了手脚，纷纷逃窜，解放军坐上敌人丢弃的汽车继续追剿。

白崇禧集团部署在金城江的十七兵团残部，还没来得及反抗，就有上千人成了解放军的俘虏，大批将校级军官乖乖投降。解放军缴获了大量物资，增加了自己的军事装备。

三十八军的汽车多了，行军的速度更快了，没几天就追到滇桂边境的百色。这时桂西北山区大部已被我军控制，白崇禧集团向云南逃跑的后门被堵死了。

敌人就这样陷入了解放军的大迂回包围圈里。

解放广西各地

里应外合

1949 年元旦，毛泽东在新年献辞中发出了"将革命进行到底"的号召，命令人民解放军向长江以南进军！

全国解放在即，中共中央向在桂林的地下党下达了"全力组织工人、学生、市民，保护工厂、学校和一切市政设施，协助入城部队，做好接管工作"的指示。革命形势得到迅猛的发展，桂林人民仿佛看到了幸福的明天。

2 月初，桂林市地下党在市临时工作委员会的基础上，建立了以陈光为书记、黄绍亮为副书记、郭其中为组织委员的中共桂林城市工作委员会（简称城工委）。

在桂林东郊的山江东村，城工委的地下机关召开了桂、柳、邕三市工作干部的"一月会议"，会议积极贯彻中央指示。

《一月会议决议》提出：

> 有计划有步骤地建立各阶层群众组织和党的组织，集中力量组织城市主力军，深入进行调查研究，赶快做好迎接解放军入城的"里应外合"工作，制定《城市调查大纲》。

为了使《一月会议决议》马上付诸行动，书记陈光又在地下机关举办了市区地下党的领导骨干学习班，以认清李宗仁的和谈真相，明确形势与任务，积极投入"里应外合"的斗争。

根据《一月会议决议》"善于利用敌人弱点，有掩护而能够安全开展斗争"的要求，在三四月间，桂林工委抓住敌人经济崩溃的时机，巧妙地进行了经济与政治相结合的斗争，有力打击了国民党在桂林的统治。

在解放战役节节胜利的形势下，桂林市区的物价暴涨，民怨沸腾。3月中旬，桂林银币价格在两三天之内，由4000左右的金元券涨到1万，生活艰难已威胁到广西大学的教职工。

而国民党中央银行还在迟延兑汇，广西大学的教职工已是食不果腹。3月28日，在中共地下党的策划下，广西大学教授开始罢教，学生也开始罢课。

3月30日上午，广西大学800余名师生，包围了桂东路（今解放东路）的国民党中央银行，他们以进行演讲、散发传单、示威游行等方式进行索款斗争。

这次斗争进行了6小时之久，群情激愤的师生，将国民党中央银行涂改为"种殃银行"，又撰联："朱门酒肉臭，路有冻死骨"，以表示对国民党祸国殃民的控诉。

4月18日，桂林中学老师秦强因饥寒交迫休克致死，引起公愤。桂林地下党组织了反饥饿的抬棺游行，游行队伍到了王城省政府门口。

在那里，学生们高呼着"救救老师、救救教育危机"

的口号，赢得了社会极大的同情。4 月 19 日，国民党《中央日报》桂林版却对此事作了幸灾乐祸的报道，激起了民愤。地下党又组织起桂林的中学生，捣毁了它在桂林的经理部和印刷厂。

学生们又如法炮制，将《中央日报》涂改成"种殃日报"，还配上"造谣是我本色，欺骗是我拿手"的绝妙对联，使敌人哭笑不得。这正是"种瓜得瓜，种豆得豆，谁种下仇恨谁遭殃"。

4 月 28 日，广西大学中共地下党又利用代总统李宗仁从南京匆匆回桂之机，推选代表到文明路李公馆，面对面地向李宗仁索取"万担粮应变费"的请愿。

早在 4 月 1 日，国民党当局在南京屠杀和平请愿学生代表，造成 7 人惨死，100 多人受伤，失踪者不计其数。消息传开，全国震惊。

4 月 17 日，桂林的广西大学、艺专、桂中、汉中、松中等学生 2000 余人，联合召开"四一"烈士追悼会。会上，以"死于战犯特务凶手下，活在人民同学心里……"的哀歌开始，在《团结就是力量》的战歌中结束，群情愤然，声讨"中国的法西斯"。

由市城工委组织的一系列斗争，为发动群众，迎接桂林解放创造了舆论条件。

4 月 21 日，人民解放军百万雄师强渡长江，23 日解放南京，国民党政府南迁做垂死挣扎。

5 月 17 日，中共华南分局发出紧急通知，要求地下党"抓紧城市接管准备工作，使大军到达时立即有计划地接收"。随着形势的不断发展，桂林市城工委根据省城工委的指示，将中心工作集中到以下几点：

第一是壮大党团组织。桂林市的地下党组织曾经屡遭破坏，临工委成立时，仅有党员15人。在桂林解放前夕，桂林市已逐步形成一支坚强的反压迫、迎解放的先锋力量。

第二是发动凌厉攻势。在解放大军取得辉煌战果的同时，桂系当局强化特务控制，白色恐怖笼罩全城。地下党针锋相对，在腥风血雨的桂林城，一次次散发"打倒国民党统治"的传单。

为了宣传中共和解放军的政策，粉碎敌人的反共谣言，稳定人心，5月14日晚上8时，在广西城工委的统一部署下，四个城市的全体地下党员、爱青会员和部分进步青年，都走上街头秘密散发传单。

传单发出，全城震动，人民群众打消疑虑，迎接解放，敌人胆战心惊，军心瓦解。连省政府主席黄旭初都收到了传单，他气急败坏，大骂特务头子梁学基是"饭桶"。

这次的"五一四"行动也付出了血的代价，地下党员徐智在"老同丰金号"散发传单时，当场被特务老板发现而被围捕，十天后被枪杀。

第三是开展城市调查。调查在七八月间达到了高潮。在短短的一个半月内，地下党全力以赴，千方百计，对在桂林的广西大学、科学馆、图书馆、文献委员会、通志馆、广播电台、报社、德智中学等 25 个单位进行了调查。

调查还深入省市政府、参议会、法院、监狱、省市党部、绥靖公署、警备司令部、警察局、电信局、国税局、银行、水电厂、房产、敌产和驻军等重要部门。调查很详细，就连军事机关的枪支、守卫都能弄得清清楚楚。

这些调查材料，为军管会后来接管桂林提供了主要依据，肃清了隐藏的国民党内患，使各项工作都能得以顺利进行。

第四是开展护路护厂护校运动。9 月，衡宝战役开始后，迎接解放再次推向高潮。城工委派出尹伊等一批地下党员、团员及爱青会员深入基层，"扎根串联"，壮大党团组织。

当月，城工委建立了铁路职工解放联合会，投入护路运动；10 月，自来水厂成立了工农解放联合会，投入护厂运动；11 月，苏桥车辆制造厂组成保护器材委员会，开展护厂、护路斗争。

广西大学组成护校委员会和应变委员会，有力地投入了护校运动；广西艺专组成民主人士解放联合会，开展了护校斗争。

城工委又以卢燕南为首组成工商界解放联合会，开展了护市斗争。地下党的工作已深入到市郊，分别在二塘人头山村、六塘铁寨村、柘木李家村、穿山渡头村等建立了农民解放联合会，发动农民反对"三征"（征兵、征粮、征税）。

解放在即，他们又在南郊二塘至六塘40公里长的主要干道旁，张贴欢迎解放军的标语，震惊了当局，而群众奔走相告。

10月，衡宝战役结束。白崇禧吃了大败仗，慌忙到了桂林，16日即在全广西部署反共"总体战"，组编五个军政区，在多个地区阻击解放军，妄图负隅顽抗，桂北军政区就是其中一个。

广大人民群众以实际行动迎接桂林的解放。但不幸的是桂林城工委的陈光书记被叛徒出卖，于10月5日被捕，11月11日被华中长官公署宪特杀害。

在这紧急的关头，城工委的人员化悲痛为力量，副书记黄绍亮担负起了带领全市迎接解放的使命。

尽管敌人十分残暴，但解放军马上就要逼近桂林了，胜利的曙光照耀在这座城市的上空。

解放广西各地

三路大军奔袭桂林

解放军四野第五兵团、第十二兵团和二野第四兵团发起湘赣战役。在大军节节进逼的同时，派十五兵团一部奔袭奉新、高安；派第四兵团和第十二兵团分路向醴陵、萍乡迂回。

三路大军自7月8日起潜师隐踪，日夜兼程。四天后，解放军的意图被白崇禧察觉。7月13日，白崇禧下令所部全线撤至攸县、茶陵山区。

此时正值酷暑，作战条件之困难艰苦超乎四野全体将士的想象，同时还暴露出作战准备不足的弱点。

这是一次艰难的行军。正是南方盛夏炎热而多雨的季节，时而烈日当空，时而大雨滂沱，暑气蒸人，道路泥泞。这些来自东北的部队，经过平津战役，迅即南下，途中解放了新乡，又急速前进，一直没有得到很好的休整，部队十分疲惫。

酷暑、饥饿、疾病、疲劳轮番袭击着四野的追击大军，伤病日多，非战斗减员直线上升，战士体质急剧下降。据统计，一般连队发病率占四分之一，严重的连队占四分之三。但是，全体将士仍然士气高昂。

解放军四野十二兵团的四十一军担负解放省城桂林的军事任务，分三路大军奔袭桂林。

其部署如下：

第一路大军以一二三师为军的先头部队，主要进攻方向是湘桂路，首先攻击光华铺守敌九十七军一师，然后集中力量突破兴安、严关口一带的敌防御区，直向桂林之敌攻击前进，紧紧抓住敌人。

第二路大军以一二一师为军的左翼，首先突破全县、黄金桥、高四地区一线之敌的防御，尔后向桂林方向迂回，切断敌人的退路。

第三路大军以一二二师为军的右翼，由油榨坪向桂林方向迂回；一五四师由庙头直插兴安与大榕江之间，向灵川方向压缩。

11 月 10 日，白崇禧集团的四十六军撤出全县，担负进军桂林的解放军一二三师侦察分队进入了全县。

11 月 16 日，桂北人民解放总队副政委阳雄飞到达湘南东安，向四十一军军部汇报广西敌情。

军政委欧阳文亲切表示：

"你们辛苦了！你们在白崇禧的老窝里坚持斗争，壮大了自己，打击了敌人，有力地支援了我们南下，真不简单啊！"

11 月 17 日拂晓，先锋部队一二三师在桂北游击总队的配合下解放全县县城。敌二二六、一七四、八十七、八十八师闻风撤退。先头部队顺利入城。

11 月 18 日，解放军四十一军各师高呼着"消灭白崇禧，解放全中国"的口号，由湘南东安境内出发，向桂

解放广西各地

林逼近。

先头部队一二三师以日行 60 公里的急行军，于 11 月 19 日在兴安以北的光华铺一带与白崇禧集团的四十六军一七四师相遇。经过战斗，我军击溃该部队两个团的防御线，取得了这次战斗的胜利。

而敌九十七军一师却从正面阻击解放军的前进。敌人主力转移至湘桂线的重要隘口，沿关口一带继续抗击解放军。鉴于这种情况，一二三师即令三六七团向该敌右侧后迂回包围。

三六八团沿铁路直插大榕江，深入到桂北的地区。这里是敌人的心脏，战略位置很重要。解放军抢占大榕江北桥，切断了敌人的后退之路。

这个时候，一二二师主力也沿着湘桂路的西侧向大榕江、桂林方向迂回前进。战士们冒着阴冷的大雨，在榕江以东翻越上下共 20 公里的大毛岭山，取小路向桂林方向前进。而解放桂林的左翼部队一二一师沿湘桂路东侧通过全县，迅速向桂林的东南部迂回前进。

一二三师三六八团三营担任团的前卫营，在向大榕江行进的过程中，尖刀连七连快速行军，在富家村地带，与企图逃窜的敌人一师一团一部及其炮连相遇，尖刀连很快就把敌人消灭了。

之后，七连抵达周田桥车站，又与该车站的守敌展开了战斗。敌人还没等开战就准备逃跑。七连战士迅速越过十三孔铁桥，把正准备破坏铁桥的敌工兵全部剿灭。

但是敌人的残余部队却把大榕江以西的铁桥炸毁了。

三六八团三营不顾疲劳，乘胜追击，连续突破敌人九十七军一师师部一个团的军事抵抗，让敌人没有想到的是，解放军在 11 月 20 日 3 时，赶在敌人一师前面到达大榕江，占领了大榕江以东桥头阵地，堵住了敌人的退路，保证了三六八团主力迅速向大榕江攻击前进。

这个时候，天空依然下着大雨，解放军战士披着雨衣，连夜踏着泥泞的道路向大榕江方向快速前进。敌人九十七军一师师部率其主力也慌忙向南撤退，可是双方都没有发现彼此，两支部队并行了五公里。

突然，一个解放军战士看到铁路对面有人擦亮火柴抽烟，借着火光发现了对方头戴青天白日帽徽，才知道对面原来是敌人，就马上报告了团长。

三六八团马上停止前进，命令：铁路对面是敌人，全团战士要快速调整状态，做好歼灭敌人的准备。

然后，三六八团迅速下令向对面敌人开战。炮弹齐发，顿时火光一片。敌人慌成一团，失去了战斗力，大部分被解放军歼灭，还有 800 多人投降。

而一二三师师部率三六九团赶到大榕江时，因桥被敌军炸毁，大部队不能通行。鉴于这种情况，一二三师当即命令三六九团马上架桥。

三六九团利用被敌人炸毁的桥料，重新在大榕江残桥上架起了一座长 100 米的新桥，保障了师主力顺利通过该桥。之后，三六九团抢占了大榕江车站和桥头阵地。

敌人七十一军八十八师，见解放军的一二三师已顺利通过了大榕江，放弃抵抗，慌忙向灵川方向逃窜。一二三师于当日占领了兴安。

11月21日，敌人在小榕江以南的险要地形上构筑阵地，阻击一二三师前进。一二三师占领了小榕江，于22日6时30分，组织一二三师三六七团向该敌进攻。

经过战斗，敌人惨败，纷纷撤退。一二三师于11月22日8时攻占了灵川县城。部队继续向桂林挺进，行进到甘棠渡时，又与敌人九十七军一师接火。

顽强的一二三师在12时突破了白崇禧在桂北地区的最后一道防线甘棠渡，有800多名敌人投降，打开了桂林的大门。

桂林解放的曙光已经照耀在这座城市的上空，但桂林境内的国民党更加强化它的白色恐怖。

11月20日这天，桂林警备司令部垂死挣扎，颁布了《紧急治罪法》八条，竟然以一个个枪决令威胁欢迎解放大军的人民大众，严令：

> 反叛政府、聚众暴动、图谋不轨者枪决！
> 造谣惑众、煽动罢市、破坏金融者枪决……

接着，国民党"华中军政长官公署"的工兵第八团，装上一车炸药冲进铁路、水厂、电厂、邮局、电信局等重要部门，要强行引爆破坏。在各个解放联合会等组织的周旋下，大多得到了保护。在全县至苏桥的 21 台机车中保存了 12 台，还保护了 400 多台车辆和大量的弹药、医药及器材等军需用品，只有电信局遭到强行破坏。

1949 年 11 月 22 日，是桂林人民万分激动的日子，因为解放军已经踏入了这片土地，胜利的火焰马上就要点燃了，所有的人都掩饰不住内心的激动。

当天下午 2 时 30 分，解放军前锋一二三师在江燮元师长的率领下，从北门进入桂林市区。进城部队在游击队第十一大队的引导下，沿着中山路分两路纵队前进。

一路鞭炮齐鸣，口号声不断，人山人海的群众夹道热烈欢迎解放军。十字广场插上了新中国的五星红旗。

广西艺专的师生最先加入欢迎行列。他们手持彩旗，激情高唱《解放区的天是明朗的天》。

全城沸腾，人们热烈欢呼："桂林解放了！"

解放广西各地

三十九军直指南宁

根据解放军四野的部署，十三兵团的三十九军负责西路迂回任务，并在这期间解放南宁。

三十九军的前身是东北民主联军"第二纵队"，在辽沈战役中参加了锦州战役，首先攻克外围重点义县，在总攻中，迅速突破锦州城垣。

在天津战役中，"第二纵队"率先攻破坚固的城防，高举鲜红的战旗进入市区。

1949 年年初，"第二纵队"整编为第三十九军，刘震任军长，吴信泉任政委。

解放军千里南进，势如破竹，兵临城下。

号称"小诸葛"的白崇禧压力之大，可想而知。他盘踞广西，经营多年，并不甘心失败。

1949 年 11 月 6 日，广西战役打响。解放军战士一路杀敌，白崇禧沿桂黔、湘桂边境和湘桂铁路布设的防线被撕裂。

解放军三路大军在短短的半个月时间里，截断了敌军西撤贵州、南撤海南岛的道路，就像三把利剑，插入广西腹地，形成三面合围的态势。

三十九军的广西之旅可谓是艰险而且惊心动魄。

当时，该部队自湘南武冈出发，冒着雨前行，深入湘、桂、黔边境地带。

边境地区是没有人烟的五岭山，由于雨水多，道路变得泥泞难走，战士们攀越陡峭的枫门岭和武胜关，被五岭山脉的崇山峻岭包围着。那里的光线很暗，有时候，连路面都很难看清楚，战士们就在这样艰难的环境里摸索前进。

更难以想象的是，当走在一边是峭壁一边是深渊的山路上时，很多牲畜都不小心掉进了山涧，人也差点儿跌下去。三十九军的首长们坚持和战士们一起爬山越岭，这大大增强了部队的士气。

最值得一提的是炮兵和驭手，这些战士每个人牵着一匹牲口，每次通过险要的地方时，战士们就得把牲口背上的物资卸下来自己背着，而在上坡时还得拉着马头，下坡时又得拖着马尾，就这样在大部队后面慢慢地跋涉前进。步兵一天走的路程，在他们脚下必须要耗费一天一夜的时间才能完成。

在前进的路途中，经常会发生这样的情况：当炮兵战士拖着疲惫的身躯刚赶到宿营地时，步兵又继续前进了。炮兵战士得不到休息，也很难吃上一顿饱饭，但仍然继续坚持在雨地里行军。

因为每一个炮兵战士都深深知道：从松花江转战到南海边的路，马上就要到头了，不能因为眼下的一点儿困难而停止前进。

炊事员们的负担更重，他们的肩上背着数十斤重的

解放广西各地

锅，到宿营地后又要淘米、切菜、烧水和做饭。

有时候刚刚给一个部队做完饭，还没来得及休息，又要给另一个赶到营地的队伍做饭。可是炊事班的战士们并没有一句怨言，因为每一个炊事员都深深明白：革命队伍里每一件细小的工作，都是胜利的保证。

在三十九军所走的道路中，根本找不到可以容纳部队过夜的房子，没办法，战士们只得在野外宿营。

没饭吃是常有的事情，大家无怨无悔，忍着饥饿继续前进。

长期艰苦的行军磨砺了解放军战士的意志。三十九军在出发的时候，虽然每人都带着四五双草鞋，但这样遥远而艰难的路途，走不了多长时间就会把草鞋磨破。在这荒郊野外，找做鞋子的人是不可能的，所有战士忍着脚上的痛，继续大步向前迈进。

战士也会在休息的空隙自己做鞋子，有时候连 10 分钟的时间也不想放过，要是鞋子实在做不好，就光着脚走，即便磨出了血，也不会喊疼。

行军条件越是艰苦，战士们的激情就越高涨，也更增强了剿灭敌人的决心！

三十九军兵分两路通过了五岭山，浩浩荡荡向广西迈进……

1949 年 11 月 13 日，进入贵州的三十九军的西路军从东北方向击破敌人的防线，乘胜解放从江。

到了 11 月 18 日，三十九军东路军以两个师分头挺进，也解放了三江（古宜），先后歼敌三二九师、十四军各一部1500余人。

当三十九军向柳州挺进的时候，柳州敌机曾一天起飞9次，对解放军部队轮番轰炸，妄图阻止解放军前进，进而掩护自己的部队后退。

但敌人的炮火打不垮解放军战士的斗志，桂林胜利解放的消息传来，更加激起了战士们的热情，他们迅速抵达柳州外围，和敌人展开战斗。

在这场战役中，战士刘殿清等人将手榴弹投入敌装甲车射击孔内，迫使敌人的装甲车停止了进攻……

解放军火速占领了柳州，于11月解放柳州。

占领柳州之后，三十九军的西路军以每天50公里的速度，自贵州边境飞快地通过一座座大山，攻下罗城；抢占三岔渡，切断黔桂公路，强渡柳江，击溃敌三十三师的阻击，直插到柳州西南，歼敌十四军六十二师一部。

三十九军东路部队渡江后立即沿柳邕公路追击逃敌。

12月1日，经过激烈战斗攻克了迁江，抢占了浮桥，歼敌九十七军八十二师及湘西纵队千余人，缴获汽车百余辆。

在同一时间，三十九军西路部队也连克忻城、上林，迂回至宾阳，截击由来宾等地西窜的敌三兵团和十一兵团部分兵力。当解放军三十九军东西两路会合以后，矛头便直指南宁。

在三十九军未到达南宁之前，南宁已经是风声鹤唳。

解放广西各地

白崇禧集团在南宁负隅顽抗，做垂死挣扎，试图阻止解放军进入这片地区。

解放军的各路部队展开围剿的时候，国民政府代总统李宗仁携白崇禧从桂林飞到了南宁。见大势已去，两人都在思考如何善后的问题。

11月20日，李宗仁离开南宁，飞往香港。

白崇禧则往返于重庆和南宁之间，商讨对策。

他们集结桂系主力，在粤桂边境发动"南线攻势"，妄图挽回颓势战局，但解放军没有给他任何喘息的机会。

解放军各路部队拼命喊着："进攻！进攻！再进攻！"仿佛是从群山奔涌而出的激流，将敌人的抵抗冲刷得七零八落。

到了12月3日，白崇禧忽然接到第一兵团司令黄杰从邕宾公路上打来的电话，告知宾阳已出现解放军。白崇禧急命第十四军守住南宁的门户昆仑关。

这个时候，解放军的三十九军已经越过昆仑关，挺进南宁。

战况急转直下，惊魂未定的白崇禧于3日上午10时从南宁乘军机起飞，11时在海南岛降落，从此离开了中国大陆。

白崇禧飞往海南岛之后，南宁的防御体系也几乎崩溃了，所以已经没有什么可以阻挡三十九军前进步伐的了，而战士们也仿佛看到了南宁老百姓在向他们招手。

1949年12月4日清晨，三十九军——六师三四七团进至南宁市北郊，粉碎了守军一个团的顽抗。

下午，国民党守军残部退到邕江南岸，撤离时焚烧了飞机场和邕江上的浮桥。在溃败的路上，散落着大量的美制军用物资。

穷凶极恶的敌军在撤退沿途大肆烧杀抢掠，强迫居民实行所谓"空室清野"，然而这一切都阻挡不了三十九军前进的步伐。

许多部队一天只吃一顿稀饭，有的以少量地瓜充饥，但也一样乘胜追击敌人。

在南宁地下党的努力下，国民党"华中军政长官公署"工兵团、南宁警察局、南宁护商大队、第三二九师山炮连等部共2000余人，以及第七军少将马宗骥、军统广西工作站少将站长谢岳山等人宣布起义。

12月4日晚上8时许，三十九军三四七团进入南宁市区，南宁宣告解放。

在解放军入城时，南宁市民大多已入睡。为不打扰市民，除一部分搜索残敌外，其余就在街头路旁露宿。

当南宁市民得知解放军入城后，纷纷起床，走出家门，拉着部队干部战士到家里休息，有的送食物给战士吃。

战士们严守"三大纪律，八项注意"，婉言谢绝了。

学生、工人则连夜贴标语，挂横幅，精心刺绣五星红旗。

12月5日，在王世林主任指导下，成立了南宁治安委员会，并任主任委员，阮洪川（城工委）、胡中平（城工委）为副主任委员。

该委员会由三十九军三四七团团长薛永强率领，与原警察局警员及工人纠察队负责维持市面治安。

这天，城工委在《广西日报》上刊出解放大军的宣言，派慰劳队慰问大军，解放军宣传队上街开展活动，各街道商店照常开门营业，到处欢声笑语，一片欢腾。

就在同一天，称病的李宗仁在香港得到了南宁解放的消息，心灰意冷的他登上飞机去了美国，直到1965年7月20日才回归祖国。

解放军一五二师脱离三十九军建制，改为南宁军分区，继续守护这座秀美的南国绿城。

在三十九军解放南宁的时候，二野的四兵团也已经逼近广东的钦州、廉江，切断了残敌的海上逃路，敌人的一兵团等部队已经成了笼中之鸟。

解放军三十九军一部马上沿邕钦公路分头堵击，12月5日在板塘墟把敌人一个野炮营歼灭，并继续追至大塘墟等地，歼灭敌人七十一军八十七师及运输团全部，捕获敌人正副师长以下6000余人。

战斗结束后，三十九军又回师西转，12月7日攻占上思，剿灭敌人七十一军军直大部及八十八师二六二团全部，俘敌5000多人。

三十九军另一部在大雨中继续行军，沿着南宁到龙州的公路向西南国境线快速前进，每日行军50余公里。

在行军过程中，没饭吃是常有的事情，战士们克服一切困难，于 12 月 11 日在明江以西的白马塘歼灭敌人九十七军三十三师。

解放广西各地

广西成立新政府

在南宁解放之后，到了 1949 年 12 月 11 日，中共广西省委在桂林开会，决定广西全省 10 个地市的党政军三方面主要负责人共 76 人的具体职务。

这次会议任命孙以瑾为中共南宁市委书记，刘锡三为南宁市长。这一决定经中共中央中南局批准之后，广西省委即发文要求各地市遵照执行，要求有关人员立即正式到职。

1950 年 1 月 10 日，广西省委向中央发电报，请示广西成立新政府的决定。

电文如下：

> 决定以南宁市为广西省委及省府所在地，故在交通地位上很重要，为更好地掌握市区的一切，现决定莫文骅兼任市委书记和市长，孙以瑾为市委副书记，刘锡三为副市长。请予批示。

到了 1 月 13 日，中央电复，同意省委的请示。其实，早在中央作出这个决定之前，莫文骅已经在为成立新政府积极努力着。

当莫文骅接到南宁解放的报告后，心里感到非常高兴，久久难以入睡。作为一个南宁人，他离开家乡已经整整20年了，无数次梦回乡关，如今很快就要变成现实了，他怎么能睡得着呢？当年他随着红七军离开广西时，就暗暗地发誓，一定要打回来。20年过去了，今天他所率领的部队终于解放了家乡，他的心情分外激动。

作为主攻南宁的部队领导，莫文骅率自己的兵团总部抵达南宁后，他们的首要任务就是迅速接管城市，建立人民政权。

1949年12月22日，中国人民解放军第四野战军南宁军事管制委员会成立，莫文骅任主任，兵团副政委吴法宪任副主任。

该委员会是当时南宁最高权力机关，统一领导政治、军事、经济、文化等事宜，办公地点与兵团政治部一起设在民生路原广西银行的楼上。

南宁市警备司令部也于当日成立，接着，又成立改编委员会，莫文骅任主任。

根据中央关于"接收一切公共机关产业和物资，并加以管制和监督"的指示精神，结合南宁的实际情况，莫文骅分别派出军代表，对南宁原国民党军政机关、司法、交通、银行等部门和物资实行全面接管，责令其留守人员保管好物资、档案，完整移交。

对其旧职人员，按中央指示，实行"包下来"的政策，继续留用。对暂无工作的职员，也发给大米，解决其生活问题，有些分配了工作，如原银行分行行长邓绍棠任广西银行第二办事处主任等。

12月29日，莫文骅主持召开了南宁市各界代表座谈会。会上，莫文骅向代表们阐明南宁军管时期的工作方针和任务，号召全市各阶层群众共同努力，肃清潜伏的匪特，维持治安，恢复生产，建立起新的社会秩序，为建设一个全新的南宁而积极努力。

1950年1月22日，南宁市人民政府正式成立并对外办公。随后，逐步健全下属各级工作机构和各种群众团体，把全市的各项工作纳入正常轨道。

不久，南宁市首届各界人民代表会议召开，莫文骅以市长身份作了《南宁市施政方针及今后三个月的任务》的报告，阐明党的方针政策和当时的形势及市政府的施政方针，提出将肃清匪特、巩固治安、建立革命的社会秩序作为南宁市今后三个月的中心工作。

会上还选举产生了市首届协商委员会，莫文骅为主任委员，孙以谨、张景宁为副主任委员。这样的会议，仅1950年就召开了三次。

建国之初，由于各条战线急需大批干部，莫文骅除了依靠南下工作队和地下党的干部，大力培养选拔本地工农干部外，还注意吸收一些大革命时遗留下来的革命骨干参加工作，如黄道生为改编委员会委员，杨赐璋为邕宁县副县长，孙醒依为妇联委员。

同时，根据中央精神起用了一批民主人士。这样，既能发挥他们的特长，为新政权服务，又能通过他们广泛团结社会各阶层人士，发展党的统一战线，扩大民主政权的基础。

李任仁是白崇禧的老师，在广西有一定的影响，莫文骅常到他家里看望，询问他生活上有什么困难。当了解到他家楼板上有白蚁时，立即给他调房。

他搬出后不久，楼房便塌下来了，所以他对新政府很感激，积极工作。实践证明，起用这些人是正确的，长期以来，他们中的绝大多数都能与新中国同舟共济，肝胆相照，为地方建设作出了贡献。

在当时，南宁社会治安依然存在很大的隐患，调查发现，很多人都藏有私枪，威胁着社会的安定。在收缴民枪的行动中，省委、军区和地方政府花了很大的气力。

南宁市由于有驻军的支持，市委、市政府的宣传发动工作做得好，收缴民枪工作比较顺利。他们组织拥有私枪的一些人加入到新政府的公安部队、工人纠察队和市郊民兵组织。

在这一时期，南宁政府着力革除旧社会遗留下来的恶习，明令禁毒、禁赌、禁娼，先后查封鸦片烟馆，关闭赌场，取缔花艇、妓院。

政府把打击贩毒、严惩鸨公鸨婆同教育烟鬼、赌徒结合起来，综合治理社会恶习，对赌徒令其改行，各操生业，对吸毒者则收监劳动改造，强迫戒绝。对无视法令、铤而走险的走私毒贩，予以严惩。缉获的烟毒，当众焚烧。

以前南宁在国民党统治下，为了增加财政收入，国民党设妓院（花艇），纳花捐，卖淫是公开的，仅"公娼"就有 180 名，花艇 104 只，多在市区的巨江北岸一带。这些娼妓大都是穷苦人家的女儿，为生活所迫卖身受辱，受尽嫖客的蹂躏和鸨公鸨婆的欺辱压榨，而在新政府的努力下，她们获得了解放。

为了把污秽荡清，南宁政府查封了妓院、花艇，建立教养所把妓女集中起来，一面帮她们治病，一面改造思想，学习正当的谋生技能，帮助她们成为自食其力的新中国劳动者。

就这样，南宁的新政府在整顿社会治安、巩固政权上双管齐下，把解放初混乱的局面逐步扭转过来了。

三、围剿溃散顽敌

● 1949 年 8 月以来，在解放军四野十二兵团四十五军的队伍里传唱着两句歌词："打到广西去，消灭白崇禧！"

● 获悉桂林解放的消息后，解放军战士高呼道："快走吧，从侧面插过去！不然连一根俘虏毛也捉不住了！"

● 各分队纷纷展开行动，快速杀向敌人，顿时火光一片，迫使敌人 1000 多人因为无路可逃而乖乖投降。

奋力追歼

1949 年 8 月以来，在解放军四野十二兵团四十五军的队伍里传唱着两句歌词：

打到广西去，消灭白崇禧！

到 11 月中旬，四十五军的这两句歌词就变成了战士们的实际行动。按照围剿白崇禧集团的部署，四十五军负责从北路围剿白崇禧集团。在进军广西的动员会上，战士们立下了军令状，说道：

不全歼白崇禧，决不停止追击！

解放军四十五军由湖南祁阳文明铺出发，进入了越城岭山区。战士们背负着很重的武器装备和干粮，昼夜兼程，历尽无数的磨难，穿梭在群山峻岭之中。

全军战士互相协助，克服了道路上一个又一个困难，他们常常这样说：

"解放广西，这场光荣而伟大的战役，我们若不亲自参加，以后再没机会打大仗了。"

四十五军在 11 月 29 日上午抵达了象县罗秀镇的东

面，战士们发现由桂北逃到这里的敌五十六军三二九师与敌人桂北总队第四团正在罗秀镇东南方渡河。四十五军的先头部队马上发动攻击，把逃敌分割开来，迅速剿灭三二九师九五六团和桂北总队第四团。

激烈的战斗过后，罗秀镇东北方向又响起了枪声。走在后面的某解放军部队发现山上有敌人，协理员张文英集合起 20 多个有枪的勤杂人员，分成六组迂回到山的周围，秘密打击敌人。躲在山上的敌工兵八团和工兵十五团被突来的枪声吓破了胆，纷纷举手投降，就这样，又有大批敌人俘虏被带进了罗秀镇。

其他敌人见状慌忙逃窜，解放军部队奋力追击。在象县城内歼灭敌人的一个排，11 月 30 日清晨，又在象县南面歼敌一个营。走在最前面的一、二连也在妙王街的南面将其他逃窜的敌人全部剿灭。

12 月 3 日，解放军四十五军先头部队在贵县的三里圩堵住了仓皇后退的敌一七四师师部，立即展开了一场激烈战斗。

先头部队在某一河岸发现了敌人的一个师正在渡河，当场捕获了敌军一个准备渡河的炮兵连，之后该敌师长就在河对岸下令已经渡过河的部队进行反击，自己则带着 300 多人向西边的一座大山逃窜。

四十五军的先头部队四连快速行动，冒着急流蹚水过河。四连九班班长宋树德拼杀在前，途中他的左臂中了子弹，可依然忍着疼痛继续前进。看到他这样勇敢，

围剿溃散顽敌

其他战士也来了斗志，纷纷冲向敌人。

四连战士快速到达了西大山东边的小山上，迫击炮第一排连续发射 25 发炮弹，把逃往西大山的 200 多个敌人截住，困在山崖里。

这个时候，先头部队六连也渡河从左翼靠近西大山。当时敌人机枪疯狂扫射，一排副排长中弹身亡，六连连长刘绍卿马上率领一排穿过敌人火线，战士们在枪林弹雨中奋勇前进。等到六连战士冲到山上的时候，山崖里的敌人就马上举手投降了。

在其他地方，四十五军的先头部队全部投入了战斗，各分队纷纷展开行动，快速杀向敌人，顿时火光一片，迫使敌人 1000 多人因为无路可逃而乖乖投降。就这样，解放军带着胜利的微笑，把敌人赶进了三里圩街里。

三里圩战斗结束后，在当天夜里，信心十足的战士们在淡淡的月光下，又踏上了征程。

后来，四十五军先头部队的侦察排从俘虏的口中得知，敌人五二〇团正在云表圩街的广场等处宿营。先头部队的团长当即命令：

　　一连从西南迂回，三连从东南迂回，二、八连由正面直插。

各连战士遵照团长的命令把睡梦中的敌人紧紧包围，几十颗手榴弹一起投向敌人。这个时候，敌人才突然惊醒，但却来不及反抗了。敌人的帐篷都被烧着了，整个天空都被映红了，枪声四起，敌人乱作一团，连自己的枪都找不到了。

解放军战士趁机闯入敌阵，连部队的勤杂人员也投入了战斗。当时，军械员陈元和、炊事员林玉成两人徒手抢过敌人的机枪步枪，卫生员刘尚玉用菜盆打昏敌人射手，夺下机枪。为了解放全中国的伟大信念，他们不顾一切杀向敌人。

敌军团部也被解放军团团包围，一阵激烈的战斗之后，敌人的团长吓得都快尿裤子了。这个团长自认为自己的部队最能跑，没想到现在却被解放军给围剿了，看来他是太高估自己了。

在离横县东北5公里的江面上，载着敌四十六军后勤机关和第十五团运输连的舰艇"新安号"与"天明号"正向南方驶去。12月4日午后，四十五军某部队追击逃敌到这里，正好看见江面上敌人的"新安号"与"天明号"舰艇。当敌舰突然向岸上的解放军射击时，解放军马上把所有武器都投入战斗。顿时万箭齐发，炮火隆隆，整个江面都被战火给震撼了。

一阵激烈的战斗之后，解放军的炮火击中了敌人的舰艇，"新安号"开始下沉。

"天明号"见不是解放军的对手，正要逃跑时，一颗炮弹恰好落到舰艇的烟囱里，"天明号"冒出一股黑烟后，便慢慢地移向南岸。

围剿溃散顽敌

之后，解放军战士坐上小船划到了对岸，从沉没的敌舰上救出 40 多个快要淹死的敌方士兵。

被救的人感动地说道："解放军真是太善良了，我们受骗了，早知解放军这样，又何必逃跑呢！"

打响"粤桂边"战役

1949 年 11 月中旬，解放军四十三军负责由东路围剿白崇禧集团，全军战士浩浩荡荡从广东的佛山、江门一线出发，日夜兼程快速前进。

四十三军跨过粤桂边境的崇山峻岭，直插信宜城北，配合其他解放军部队，把敌人企图逃往湛江、茂名的去路给切断了，就这样敌人困在了容县、北流、玉林一线。

敌人无路可逃，成了解放军的笼中之鸟。困在包围圈里的敌人，为了摆脱解放军的打击，四处挣扎逃窜。当时，广西军阀主力的张淦三兵团，正在向广东化县、茂名一带活动。

国民党的鲁道源所率领的十一兵团，也在向信宜方向活动，妄图和余汉谋残部在湛江会合，最后乘势跳出解放军在雷州半岛设下的包围圈，然后逃往海南岛与解放军进行对峙。

11 月 26 日，天刚刚黑的时候，鲁道源的前卫部队第二六六师和第二六五师，趁着黑夜分别窜到桥头铺、金洞圩一带，妄图钻解放军的空子，混进信宜地区。可是，敌人万万没有想到，他们正好掉进了解放军为他们设的陷阱里。

月亮已经升得老高了，眼看胜利就在眼前，解放军

围剿溃散顽敌

战士并没有因为好的形势而放松自己，仿佛大家都忘记了半个月来长途行军的疲倦。

在微弱的灯光下，四十三军的首长们带着胜利的微笑，在一间房子里热烈讨论着即将到来的战斗，计划着如何歼敌。

11 月 27 日清晨，四十三军一二七师悄悄闯进敌人在桥头铺和金洞圩地带的营地时，那里的敌人还浑然不觉，做梦也不会想到解放军已经来到了他们的床头。

"打！"只听见一声命令，敌人的阵地顿时炸开了花，到处是火光一片，犹如白昼一样耀眼。

这次突然袭击，打得敌人落花流水，哭天喊地。

当战士们紧握手里的枪冲向敌人的时候，那些敌人早已经吓呆了，纷纷逃窜。于是，解放军乘胜追击，连续追了 10 多公里，一路上敌人丢盔弃甲，最后还是被勇敢的解放军战士给捕获了。

在四十三军的部署下，粤桂边大歼灭战马上就要开始了！敌人窜到桥头铺、金洞圩的路被解放军切断后，乱成一团，纷纷向容县、北流溃散。

四十三军在第四野战军司令部提出的"敌人逃到哪里，我们就追到哪里"的号召下，群情激昂。战士们日夜兼程，穿梭在大路、小路、山道上，或是在荒山草丛中披荆斩棘，像一把利剑一样，直插敌人中间，对敌展开了闪电般的攻击战。

但敌人仍然负隅顽抗，做垂死挣扎，在罗加一带布下了层层防线，妄图抗击解放军的进攻。敌第十一兵团副司令官胡若愚在第一线压阵。

然而，蚍蜉撼树，自不量力，敌人所做的一切都是徒劳的！当山间的雾气还没有散尽的时候，解放军四十三军第三八七团迅速拿下了罗加阵地。胡若愚指挥部队几次反扑，除了加大自己部队的伤亡外，并没有阻止解放军的进攻。

最后，在解放军猛烈炮火的打击下，连胡若愚本人也被解放军击毙了！就这样，解放军顺利突破了敌人的第一道防线。这次战役之后，解放军又向敌第二道防线——杨梅圩推进。

解放军紧紧追赶着前面的敌人，只40分钟一连便跨过大小20个山头，5小时挺进40公里。没有大路走小路，没有小路走山路，没有山路就从荒山、草丛中前进。

无论敌人逃到哪里，后面都会有解放军的影子，即便山坡陡得不能攀登，解放军战士只要发现山上有敌人，就会拉着树枝奋力爬上去，手被磨出了血也不会在意，摔倒了再爬起来，爬到山顶把敌人抓住。

当敌人开始往山下逃窜的时候，战士们又顺着悬崖峭壁滑下来去追。他们不怕山路的危险和陡峭，马不停蹄地继续追歼敌人。

在爬山追击敌人的时候，解放军战士何云章手拉荆棘，险些割断了手指，但他并没有喊疼，而是继续往上爬；解放军战士朱振国下山时不小心滚了下去，跌得脚

围剿溃散顽敌

脖子向后转，可他却站起来，嘴里依然喊着追击敌人。

当上下山的时候，重机枪无法两人抬着走，于是机枪手就抱着它滚下山去；炮兵们拿绳子拴住炮，拉上高山，而下山时再抱着炮从山巅滚到平地，始终保持和步兵同样的前进速度。

从岑溪到容县的公路上，解放军追得敌人没有喘息的机会。敌人的军队一路慌忙逃命，把武器、粮食以及从老百姓家里抢来的锅、碗、水桶扔得遍地都是，道路上还随处可以看到敌人的尸体和伤员。

其中，被击毙的敌第十一兵团副司令官胡若愚的尸体就横在路边，发出一阵难闻的气味，其他被遗弃的敌军伤兵却在连声骂着可恶的白崇禧。

在解放军追击敌人的同时，大批敌人的俘虏被解放军引领着朝另一个方向走去，他们和解放军向前推进的队伍形成鲜明的对比。

天色渐渐暗了下来，在容江河岸，国民党军队妄图依靠江水等天险，以密集的火力阻击解放军向对岸挺进。三八七团四连和六连的战士们，冒着敌人的炮火，争相跳进冰凉的江水里，涉水越过容江。

勇敢的五连战士们，也同时从侧面抢占了江面浮桥。很快，解放军一举抢占了容县。这个时候，敌人又匆匆忙忙地沿着公路向北流逃窜。

该团的副团长张子斌，不等后续部队赶到，就马上带领四连和六连的 40 多名战士，日夜追赶敌人。追击途中，为了不打草惊蛇，解放军战士没有开枪，也不大声说话，只是快速追赶敌人。

六连副指导员田贵花趁着暗淡的月光，在途中捕获了一些敌军的散兵，并从他们口中得知，大部敌军就在前面五公里的地方宿营。

听到这些，机枪连二班班长史连贵扛着机枪一口气赶了五公里。沿途又捕获了很多的逃兵。而敌人的大部队做梦也不会想到，解放军已经来到了他们的身后，一个个都吓呆了，无不感叹解放军的战斗力。

所以，还没等解放军开枪，敌人就纷纷放下武器投降了。当时解放军缴来的机枪无法运走，战士们就命令俘虏们自己带着空枪随队前进。

当解放军战士追到一个村子时，从那里传来一片嘈杂的声音，俘虏告诉说有溃军一个连正在村里支锅做饭。六连的田副指导员就指挥四班由正面插进去，机枪连二班从侧面迂回进击。

战斗马上就打响了，机枪连二班史连贵班长摸到敌人背后，突然用机枪猛烈扫射。紧接着，四面便响起"不许动"、"缴枪不杀"的声音。

在解放军的包围下，100多名敌人举手投降了，三八七团的张副团长和二营营长井连祥，骑着缴获的自行车快速追击敌人，迅速捕获200多名逃敌。这次战斗共俘虏300多名敌人，让解放军战士欢欣鼓舞。

之后，田副指导员留下了10个人看管俘虏，其他战

围剿溃散顽敌

士继续追击敌人。乘黑夜从北面插到北流城里，这时，敌兵团部的 50 多辆汽车正停在北街口，借着明亮的灯光，敌军在那里手忙脚乱，准备宿营。

趁敌人不注意，六连二班长马青禄带领一个战斗小组，首先冲向敌人中间，活捉敌军一个连长，并命令这个连长把已钻进北流中学内的部下叫出来投降。

六连四班和一班的战士们趁着敌军混乱之际，迅速插入敌人的汽车群，四挺机枪同时扫射，令敌人抱头鼠窜。很快，解放军就把 50 多辆汽车及他们的枪炮、物资一起点燃，顿时火光一片。

张副团长趁着弥漫的烟雾发出命令说：

"二营迂回运动，切断敌人的退路！"

六连四班长和战士王和平、童国治也同时向敌人大声喊话：

"缴枪不杀！"

"宽待俘虏！"

在解放军的迷惑下，敌人还以为四面八方都是解放军的部队呢，就这样，在街上逃窜的 300 多个敌军，纷纷放下了武器。据守在附近几座楼房里的敌军也停止了反击，大部分来到大街上，放下了自己的武器。

在部分敌人束手就擒的时候，解放军的后续部队已陆续赶到，开展大规模的搜捕行动。到 11 月 29 日 7 时，战斗全部结束，敌第十一兵团部及第五十八军二二六师在北流城里全部被剿灭。

在四十三军一二七师解放北流县城的同时，四十三军一二九师从容县向西挺进，深入到玉林县城。一时公路上尘土弥漫，敌人慌忙逃窜，一路丢盔弃甲，拼命向前逃跑。11 月 28 日晚，玉林县城飘起了鲜艳的五星红旗，玉林终于获得了解放。

在解放军连续不断的追击下，国民党残敌像一只只无头苍蝇，到处乱飞，把武器、物资丢得遍地都是，可谓狼狈不堪。至此，白崇禧集团的"东路兵团"在解放军的打击下，彻底崩溃了。

围剿溃散顽敌

尖刀插向博白城

解放军的四十三军把准备逃往雷州半岛的鲁道源兵团剿灭以后，国民党张淦兵团的侧翼也被解放军打得七零八落，这就迫使敌人不得不掉头西逃，改变了原来的逃跑路线。

为了把敌人剿灭干净，早日解放广西，四十三军在1949年11月30日凌晨4时，收到第四野战军司令部发来的加急电报。

电文如下：

拼命地追，紧紧地咬住敌人，直追到底，不全部消灭敌人，决不收兵。

遵照上级的指示，四十三军向博白县城快速奔去。之后，四十三军突入广西博白地区，与二野四兵团一起对博白城形成了合围。

而敌人第五十八军、九十七军的残部在白崇禧华中军政长官公署副长官兼三兵团司令张淦的率领下，日夜逃跑奔命，他们逃到博白时，四十三军主力还在北流，距离博白还有整整90公里。

张淦自信地说："共军行军能力再强，一天也走不了

200 里。"

当时四十三军的部队昼夜兼程，不停地赶路，饭都没有好好吃一顿，甚至连喝水也要在奔跑中解决。文工团的战士们写出了这样的标语来鼓舞大家：

看谁是吃苦英雄，看谁是铁腿好汉！

不让敌人逃跑，不让敌人上船！

追上敌人，就是胜利！

战士们历尽无数的艰难险阻，一路翻山越岭，谁也不想落在部队的后面。就这样，在长长的公路上，解放军队伍开始由两旁齐进变成四路、八路齐头并进，真像奔腾不息的长江水啊！

解放军的部队就像一道快速的闪电，在黑暗的夜色里，沉默的大地都开始为他们震颤，夜虫为他们歌唱，连树叶也沙沙作响，仿佛它们在期待一个胜利时刻的到来，那个时刻就是广西人民获得解放的时刻。

当时四十三军一二八师三八二团也在快速行进中，一位战士笑着对大家说："咱们20多天一口气走了六七个县，没碰上一块肥肉。人家兄弟部队可好，连敌副司令胡若愚这样的大王八都给吃掉了。"

战斗英雄刘连科也笑笑道："打死个副司令官算个啥？说不准咱们还能抓个活的司令官呢！"

"对！不是说白崇禧有车马炮三个兵团司令官吗？我

围剿溃散顽敌

看咱随便抓他一个也比老大哥打死的副司令官强！"一个连长打趣说。

经他们这么一说，战士们的激情就来了，纷纷立下捉拿敌人大官的决心。许多战士都高呼：

"追到博白，活捉敌军司令官！"

就这样，大家跑得更快了。解放军日行军多达 65 公里，而敌人却在博白城做着他们的白日梦。

那个所谓的国民党大官张淦，原是白崇禧最得力的部下，可是在解放军连续的打击下，这个曾经杀人如麻的屠夫，现在已变成一个开始相信天命的家伙了。

张淦慌忙逃到博白以后，就在县城南端的一座大院里，安下了一个一米多宽的罗盘，带着他惶恐不安的心情，两手支撑着下颚，静静地坐在屋子里，凝视着罗盘上抖动的针头，卜算着自己的命运和归路，筹划着脱网的诡计，并默默向老天祈祷。

后来，他的参谋给他送来一份情报，请示他下步该如何行动。

张淦抬头问道："共军先头部队离我们还有多远？"

参谋回答说："最近的距离是 90 公里。"

"我看共军现在已经累得不行了，我们的军队也要好好休息一下，今天我们就索性在这里多住一天，明天再走吧！"

"报告司令，这有些太冒险了！"参谋带着忧虑说。

"你真是一个胆小鬼，有什么可怕的？我在大别山和共产党已经是老对手了，何况我手下还有本钱，我张某人也并不是好对付的……再说，天无绝人之路，共产党再快，也赶不上咱们的汽车快，比赛吧！"

张淦仿佛在神仙那里得到了什么启示，带着自己坚定的目光说了些话，然后他站起来，冷冷地笑了起来，结束了临睡前的祈祷仪式。

这些日子以来，张淦都是这样惶恐地在祈祷中自我安慰着。张淦为了继续实行他的阴谋计划，依然鼓动他的部下和伪政权坚持与人民为敌，还组织召开了一个所谓的"民众大会"。

在那个"民众大会"上，他拍着自己的胸脯大夸海口说道：

"我张某人统率大军一二十万，打遍天南地北，创造出许多辉煌战绩，使共军闻声丧胆。"他继续说，"目前为了执行总统的战略方针，回师故乡，与父老们共存亡。人说共军厉害，其实未免是言过其实，没有什么了不起……我手下还有几个军，我的大炮并不是哑巴，枪也是应有尽有……"

谁知就在他说这话的当天晚上，四十三军一二八师三八二团就穿插到距离博白县城仅 25 公里的苏立圩。

三八二团团长张实杰觉得还不到攻城的时机，便让大家停下宿营。为了不惊扰百姓，张实杰命令部队在公路两边就地休息，不准到村民的房子里住宿。遵照命令，战士们马上埋锅做饭，整理衣被，准备好好休息一下。

围剿溃散顽敌

在解放军忙活的时候，从博白方向来了一群人，男男女女，老老少少都有。他们步履匆忙，神色慌张。张实杰觉得很奇怪，他心里想：莫不是碰上了国民党残兵？

这时，有一个教员模样的中年人迎面走来，张实杰就走了过去，想问个究竟。

"你是哪里人？"张实杰问道。

"我……我是博白县人，是县立第一小学的教员。"那个中年人惊恐地看着张实杰，小心地回答。

"你们这么晚了还到哪里去？"张实杰又亲切地问中年教员。

"长官……我……"中年人不知道该如何回答。

"老乡，请放心！我们是穷人的军队，是毛主席领导和指挥的队伍。"

张实杰见他如此小心谨慎，料想他把解放军当成国民党兵或土匪了，就向他解释：

"我们是同志，没有长官这个叫法，你有什么难处就告诉我们吧！"

"长官，不，同志，白崇禧第三兵团司令张淦在博白城到处抓人，为非作歹，搞得老百姓没有一天安宁的日子，我们只有逃走啊！"

"噢，张淦在博白？"

"是啊，他在博白已有几天了。还开什么'民众大会'，在那里自吹自擂，说解放军根本不是他们的对手；他们还让解放军俘虏在街上游行，给老百姓看，实际上都是广西兵装的。"

"呵呵，那张淦都说些什么？"张实杰笑着说，他一方面觉得敌人很可笑，另一方面也有些忧虑。

"张淦信神信鬼。听说前几天他去庙里求了一支上上签，便用喇叭在县图书馆门口又吹又打，说过几天一定要打败解放军。可老百姓心里很明白，他现在已经是穷途末路了。"

中年教师说罢，又冷冷笑道：

"听说过几天他还要开更大的'民众大会'呢！"

"这情报对我军来说太重要了！"张实杰大声说道，并十分感谢这位老乡坦言，就吩咐警卫员给教师一袋大米，并请他喝水。

中年教员十分感激，一再表示感谢，还说：

"你们共产党真是活菩萨！大家都说毛主席是人民的大救星，共产党一定会打倒国民党的。"

老乡走后，战士们就蹲在公路上进行短暂休息。夜色渐渐暗淡下来，弯弯的月亮高高悬挂在夜空上，星星还调皮地眨着眼睛，一切都显得那么静谧。

在这样美好的月色里，张实杰却忧心忡忡。敌人的司令官就在前方的博白县城，此时不把他抓住，还等到什么时候？那样老百姓就可以少受一些罪了。

于是，张实杰马上来到团部，召开一个重要会议，他和王政委商量，决定带领部队尽快奔袭博白，活捉国民党司令高官张淦。

围剿溃散顽敌

商量好之后，张实杰立即发电报给师部，报告作战计划，并要通信科长韩玉单传达自己的命令。

命令如下：

> 做好饭的把饭带上，没做好的丢下，全团立即到公路边待命。

战士们整装待发，张实杰和王政委开始对战士们进行动员讲话，张团长兴奋地对战士们说：

"咱们一口气前进几千里，却没抓到像样的敌人。但今天不同了，敌兵团司令官就在跟前啊！现在，我命令大家马上放下所有的背包，在两个小时内杀到博白城，大家能做到吗？"

"能！"战士们大声说。

张实杰就吩咐各部队，要求各营连的副营长、副连长先带着部队展开急行军，而营、连长则马上到公路边接受战斗任务。

一听到前方去捉敌人的兵团司令官，部队的情绪空前高涨，"嚓嚓嚓"地向前奔去了。

而营、连长则马上来到指挥部。张实杰和参谋长王子玉就迅速地给大家分配了战斗任务。

张实杰命令三营七连为前卫，三营营长李树华带领打头阵，张实杰率团部在后面跟进，并告诉三营：

"无论如何，一定要在两小时内赶到博白。如遇到敌人就骗他们说是国民党十一兵团的。只要抓住张淦，你们就立了大功。"

二营的任务是：

赶到博白后，迅速由城北迂回到城东占领海登公路两边的小高地，构筑对内对外阵地，一面对东警戒，一面注意城内动向。当听到三营的枪声时就向城内进攻，不准放出一个敌人。

一营的任务是：

由王参谋长带领一营直奔县城南 5 里鸦山圩，主要对付敌来援的第七军等，警卫连作预备队，听到命令后就跑步前进。各营副教导员带领后勤拉运物资。

各营长接受任务后，马上开赴战场，战士们快速前进，翻山越岭，秘密向博白挺进。

但是，张实杰还是嫌部队跑得太慢，为了加快行军速度，部队由一路纵队改为四路纵队，后来又由四路纵队改为八路纵队。

战士们一个个像飞鹰，像猛虎，像狂风，飞快而迅猛地向博白城奔去。

围剿溃散顽敌

"飞鹰抓山鸡"

三八二团经过两个小时的快速行军，行程 20 多公里，如一把尖刀插入博白城。

这时已是三更半夜，万籁俱寂，又恰逢上弦月西坠，城内城外伸手不见五指，到处一片漆黑，这正是战士们获胜的好时机。

敌人守城的哨兵隐隐约约看见一支部队奔来，他们怎能想到解放军会这么快就来了呢？以为是自己人，就大声问道：

"他妈的，你们五十八军退到这里来干什么？"

张实杰将计就计，蒙骗敌人，回答道：

"我们是十一兵团的，奉命来支援你们打共军！"

七连副连长接着问敌哨兵："我们要去司令部，谁帮着带带路，赏大洋 5 块！"

这话一出口，立刻上来了 5 个国民党士兵，纷纷争着要当向导，最后，七连副连长选中了一个"最积极"的小个子敌兵带路。

小个子有了赏钱，很是卖命，就把七连直接带到了敌人兵团司令部。看到一支部队来到了司令部前，敌人门前站岗的卫兵喝道：

"哪一部分的？"

七连副连长镇定自若地回答：

"兄弟是十一兵团的，有急事报告张司令。"

敌三兵团部的警卫却警觉起来，见情况有异，慌忙大喊起来：

"不好啦！共军进城啦！"

可笑的是，敌人三兵团作战处长闻声从屋内跑出来，大声训斥卫兵："胡说八道！哪来的共军？"话还没说完，他就被七连副连长摁倒在地。

这一下子张淦的三兵团团部可炸了锅，有喊叫的，有乱放枪的，混乱的叫喊声惊动了住在后院的张淦。可是，此刻他还是不相信解放军来临，对身边的参谋说道："我们前面有四个军守着，怎么会冒出来共军？"

刚说完，七连的战士已经冲到后院门外，张淦这才紧张起来，急忙往床底下钻。卫士立即关紧了大铁门，墙高门厚，解放军战士们一时攻不进去。

这时候，团长张实杰赶到了，他立即命令七连："用火箭筒破门！"

只听"轰轰"两声巨响，张淦的大铁门被炸得稀巴烂。

七连副连长第一个冲了进去，在张淦的房间里，他厉声喊道："张淦快投降！缴枪不杀！"

张淦躲在床下浑身发抖，两只脚暴露在外头。

副连长上前一把抓住张淦的脚脖子，把他从床下拖

围剿溃散顽敌

了出来。

这位张淦司令是白崇禧的"铁杆哥们",在白崇禧手下当了18年的"中将",这一下被拖出来,狼狈得很。张淦羞红了脸,马上举起了双手,连声说:

"我是张淦,饶命饶命!"

七连副连长叫张淦命令手下放下武器,然后就把这家伙押到了团部。

而在同一时间,张实杰团长和王政委正在设于图书馆附近的临时指挥部里研究如何对付敌人四个军的作战方案。

张淦被押到团部的时候,这家伙还身着将军服,小脑袋光秃秃的,垂头丧气的样子。看到他这个样子,两位首长看了他一眼。

这家伙看到张实杰团长,脸上马上露出笑容,毕恭毕敬地给张团长敬了一个礼。张团长站在那里,既不还礼,也不开口,这一来,张淦害怕了,突然脚下没站稳,便跪在了地上,向张实杰团长哀求道:

"兄弟有罪,请长官宽大处理,请饶恕啊!"

而王政委却在一旁严肃地说:"我军的宗旨你是知道的,对放下武器自动缴械的官兵,不论大小一律宽待。"

说完,王政委就让警卫员搬个凳子给张淦坐,又叫军医给张淦包扎伤口。那家伙笑着连声说谢谢。

张团长转过头对七连副连长说:"七连立了大功,战斗结束后要好好休息。"

接着，张团长叫来三营营长李树华、教导员刘梅村，让他们在打扫完战场后，把三营集结到图书馆附近，保护好现场。又派出少数人员搜集敌兵团部在各个角落的人员和物资，尤其是电台和文件。

张团长把通信科长叫来，命令他把敌人的电台人员找过来，让这些人员把敌人和师部联系的电台架设好，准备以张淦的名义给敌人部队发命令。又指令三营赶快吃饭，准备新的战斗。

张淦见解放军部队行动如此迅速，由衷地说："解放军真是神兵啊！我以为你们三天内不会赶到。没想到现在就从天而降，真是神！真是神啊！"

张淦正在感慨之际，七连战士把张淦的女儿送来了。王政委和蔼地对张淦说：

"张将军，你看谁来了？"

张淦抬头发现了自己的女儿，喜出望外，甚是激动。

他的女儿慌忙走上前去，抱着爸爸号啕大哭。

张淦却轻轻推开女儿，大声说："解放军真好！他们不杀咱们，还这么宽待我们，我一定要好好表现，为解放军效劳。来，孩子，快给解放军长官磕个头。"

听到爸爸的命令后，张淦的女儿马上就跪在地上向解放军磕头。本来解放军是从来不接受别人跪礼的，当张实杰想劝阻他们的时候，张淦的女儿已给解放军深深地磕了一个响头。

王政委知道张淦已有悔改之意，就问他："你想怎么样立功赎罪啊？"

张淦说："白崇禧把他的三个兵团司令官比作车马炮。我就是他的车。会下棋的人都知道，车是骨干，车完了棋就没法下了。现在只要我……"

还没等张淦说完，师政委宋维就来了。大家赶忙站起来迎接，而张淦也趁机向宋政委请罪：

"请长官宽大！"

宋政委对张淦似笑非笑地说："我军对放下武器的敌人都会给予宽大处理的。倘若你戴罪立功，解放军将会论功行赏，更加宽大处理。"

张淦听完，满面笑容，并陈述了他效劳的打算，说道："我会立即命令自己的军队马上放下武器向贵军投降，让他们停止反抗。"

张淦的话刚刚说完，他就立刻草拟电文，交给早已准备好的电台发出去。

没过多久，张淦这份电文就传到了敌人第七军、第四十八军和第一二六军的手里。

而在当时，敌人的上述部队正与解放军二野四兵团在廉江和陆川一线进行着激烈的战斗。

双方都在拼命争夺战略要地——湛江和钦州地域。如果解放军歼灭了敌人，攻占了这个战略要地，那就打破了白崇禧逃往海南岛乞求美援进而与解放军长期对抗的阴谋。

相反，如果让敌人占领该地，解放军就无法围歼白崇禧尚在大陆的 20 万大军，后果不堪设想。

1949 年 11 月 30 日凌晨张淦被围时，曾向敌第七军、第一二六军发过"速来解围"的电报。这两个军受命后即向博白运动，使湛江和钦州一线的防御迅速变得薄弱起来。

12 月 1 日，张淦投降后，进一步加速了这种格局的变化。仿佛在一瞬间，敌人纷纷投降或者逃窜，而顽固分子也没有精力再坚持了。

尽管白崇禧在 12 月 1 日上午使用飞机向张淦溃败的逃兵投下了 20 万美金和许多宣传品，企图引诱自己的部队继续和解放军进行对抗，但这个时候已经晚了，再也无力扭转失败的局面。

解放军第一二八师配合二野四兵团乘胜追击，很迅速地把张淦所属部队全部剿灭了。

解放军三八二团的这次军事行动，用了 30 多天的时间，急行军数千里，经历了 10 余次大小战斗，并活捉了敌中将兵团司令官张淦，捣毁了白崇禧的指挥中枢，完成了粤桂边围歼战的光荣使命，得到了四野指挥部的高度赞扬。

三八二团的战士们都感到非常激动，曾写了一首顺

围剿溃散顽敌

口溜。此顺口溜是这样说的：

我们是飞鹰，张淦是山鸡。

飞鹰抓山鸡，巧妙又神奇。

我军的辉煌战果

张淦投降之后，解放军各路大军便于 1949 年 12 月向广西南宁和西江上游快速奔进。

南宁被解放军攻下之后，驻在贵县、南宁的残敌，像迷路的野兔子一样到处乱窜。

敌将领徐启明、黄杰两兵团决定往钦州方向逃窜，企图突破解放军的包围圈，从合浦经北海市逃离大陆。

敌其他部队则不打算离开这些地区，准备和解放军进行游击战争，妄图逃脱解放军的包围圈，寻找机会潜入越南，这样他们就可以保存自己的实力，以后再"反攻大陆"。

但是，敌人的任何挣扎都是徒劳的，被困的"小鸟"逃不出"猎人"的大网。

解放军四十三军在博白短暂休整之后，马上又开始了新的战斗任务。

尔后，军党委发出"继续前进，彻底消灭残敌"的号召，四十三军战士们斗志昂扬，配合其他兵团，向湛江地区快速挺进。

四十三军在泥泞的道路上展开了急行军，北风呼呼地刮在脸上，犹如刀割一样，而战士们不畏恶劣的天气条件，个个斗志昂扬、精神抖擞，涉过无数条冰冷的急

围剿溃散顽敌

流，翻越无数高大山脉，快速前进。

一天夜里，大雾弥漫山野，战士们根本找不到可以宿营的房子，没办法只能在寒冷的荒野里露宿了，而天明的时候，大家起身继续前进。

南方阴冷的天气，无法扑灭解放军心中那熊熊的烈火，而山高路远，更挡不住英雄们坚定的步伐。

勇敢的四十三军的战士们以 7 小时 60 公里的速度，直插海防重镇——北海市。

北海是一座美丽的城市，这里三面环海、空气清新。但桂林、南宁解放以后，北海受到了敌人空前的洗劫，人民苦不堪言。

正当国民党第五军、第二十三军在北海进行疯狂破坏的时候，我党领导四十三军大部队突然出现在北海，以秋风扫落叶之势剿灭了 3000 多名准备逃跑的敌人。

北海获得了解放。

在同一时间，我四十三军另一路大军三七九团七连又像一把尖刀一样，直插敌人驻地——钦州北部。

这一军事行动，把残敌砍成两段。

从大洞墟至小董圩一带，顿时火光一片，战斗进行得紧张激烈。

在解放军强大的火力打击下，敌人乱作一团，大批敌人投降做了俘虏，解放军缴获敌人七八十辆大汽车。

一二七师师部得知三七九团七连在钦州通往灵山的公路上缴获敌人大量汽车后，政治部魏主任立即要该师

《前线》报的记者于振瀛等人赶快去了解情况。

太阳刚刚露出笑脸的时候，于振瀛就跑到公路上，三七九团的徐科长让于振瀛找来纸和笔，写了数张"南京部一支队（十二师代号）缴获"的纸条，贴到汽车上。

这个时候，前边又传来好消息：三七九团一营在小董圩缴获了更好更多的战利品，而且还俘获一批敌人高官。就这样，于振瀛便向小董圩奔去。

军邮局长张学富会开汽车，就从缴获的十辆大卡车中开动了一辆，拉着于振瀛等记者沿着公路向小董圩奔去。路不是很平坦，所以汽车颠簸得很厉害，于振瀛不小心摔了下去，还受了伤。

很快，于振瀛就来到了小董圩。这里是一个小镇，前后不到半里地，镇上到处是一些低矮的旧瓦房，连街道都坑坑洼洼。

在小董圩镇的街口摆着几门榴弹炮，旁边堆着一堆炮弹壳。而缴获的大汽车、吉普车、水陆两用汽车排出几里路长，其他胜利品堆积如山，可见这次战斗解放军的收获不少啊，以后就可以用敌人的武器来对付敌人了。

在一营二连徐指导员的腰里别着刚缴获的左轮手枪，他正坐在一辆敌人的吉普车上，而战士们却持着枪看管缴获的胜利品。

这时，于振瀛等记者遇见了一连军械员龙辉，根据他的指引，于振瀛在小董圩附近的一个村子里找到了一营营部。一营营长肖凤山和教导员陈德埃给于振瀛等记

围剿溃散顽敌

083

者陈述了今天早晨的战斗经过：

清晨的时候，我们听到七连在钦州到灵山的公路上取得很大胜利的消息后，就超越七连快速向前挺进，一路飞快地来到了小董圩镇。在那里，我们看到小董圩街里的汽车一排排的，街上的人也乱哄哄的。

这时，二野四兵团的一个连也赶到了，于是我们和四兵团这个连的干部进行商量，决定我们一营一连的战士袭击公路上敌人的汽车队，四兵团的战士袭击小董圩街的敌人。战斗进展得很顺利，几百辆汽车成了我军的战利品。

取得战斗的胜利后，部队正要休息，可是老百姓家家都紧闭大门，只听见院子里的人说话南腔北调，才知道敌人原来藏在老百姓的家里。

知道这个情况后，战士们就把老乡的门打开，只见屋子里挤满了敌人官兵和家眷，便把他们赶了出来。于是，那些人纷纷从柜子里、猪笼里、锅台里钻出来，有的从厕所里钻出来，真是太狼狈了。

从老乡的院子里，仅我一营就俘虏 2000 多敌人。四兵团的那个连也捕获了上千名俘虏。

肖凤山营长叙述完后，于振瀛抬头看见在营部地上堆着一堆缴获的各种短枪，便经肖营长允许，找了支漂亮的左轮手枪。自己换了新枪，让于振瀛的心里很高兴，连他的子弹也变得充足了，另外还拿了一把写有"处长专用"字样的日本战刀。

接着，于振瀛等记者又前往被称为"俘虏大院"的地方，去那里调查情况。

这里原来住着一家地主，院子很大，大概 2000 平方米，庭院里的景观也很迷人。但这个时候，院子的门口却站着解放军的哨兵。

院子里一片嘈杂的声音，在那里关着上千名敌人的军官及其家眷，军官们可以在院子里自由走动，家眷们还允许外出，可以到老百姓家里去买肉、鸡、鱼等食品，回来自己做着吃，俘虏说，还是解放军的政策宽大啊，并没有马上严厉地处置他们。

所以，俘虏们见到于振瀛他们，就一窝蜂地围上来了，他们是想打听解放军对待他们的各项政策，问解放军会不会杀他们，私人财产没不没收，是否释放他们回家……

从这些俘虏惊慌和急切的表情里，可以看出他们内心里的惶恐不安。而当于振瀛等记者把解放军的宽大政策向他们宣传之后，那些俘虏的脸上便露出了笑容。一个戴着上校军衔的军官对于振瀛等记者说：

"我们从广西桂林出发，白长官命令我们 4 天赶到钦州报到，迟到不收。我们坐上汽车，日夜兼程地赶，加大油门来到这里，却被贵军把我们解放了。"

从这个敌军官的话里，可以看出，他们对"解放"这个词儿讲来还不太习惯。于振瀛觉得，敌人的表现是很好的新闻素材。

正在于振瀛思考之际，旁边一个很摩登的官太太对于振瀛这样说道：

"白崇禧真不是东西，他叫我们辛辛苦苦地跑出来，没想到是让我们做俘虏，早知如此，不如在湖南当俘虏好，离家不远。这里老百姓的方言很难懂，而且老百姓都恨我们，即使解放军放了我们，半路上老百姓也会把我们杀掉的，怎么办呢？"

官太太说到伤心处，小声哭泣起来。这个时候，一个矮胖的俘虏过来宽慰她说：

"哭啥，现在不是还好好的吗？你应该感谢解放军来得快，虽然我们离家远点，但总算还在大陆，比跑到台湾强得多呢。"

后来根据解放军的清查，这批俘虏里有敌"华中军政长官公署"和五个兵团的"联合总后勤部"，以及"内政部"、"国防突击纵队"、"机械化工兵二一○团"、"将校军官训练队"等等。

小董圩的战果真是辉煌啊，让战士们更加有信心把敌人剿灭干净！

决不让敌人逃出大陆

上次战役中，解放军四十三军三七九团在小董圩取得了辉煌的战果，不仅阻止了敌人逃离大陆，还缴获了大量的军备物资，并且俘获了敌人的高级将领。

1949 年 11 月 7 日，天刚蒙蒙亮，暗淡的天空里还下着淅淅沥沥的小雨。连日来的行军和激烈战斗让解放军已经很疲惫了，但所取得的胜利，特别是那一辆辆汽车，又让战士们一个个容光焕发，战斗的热情更高了。

在小董圩，四十五军的一三三师与兄弟部队四十二师以及四十三军的一二七师胜利会师。在解放军的打击下，敌人企图从海上逃跑的计划宣告破产了。

当时，国民党的三路大军被解放军剿灭之后，一些还没有被歼灭的残兵败将，东逃西窜，企图深入十万大山进而逃往越南。但敌人没想到的是，险要的十万山区，是不会给他们提供任何逃跑机会的。

十万大山的地势极其险要，那里峰峦叠嶂，一眼望不到边，一直横亘到中越边境地带。在山区的上空，常常笼罩着飘散不尽的阴云，仿佛给大山披上了一层灰白的纱罩，默默地守卫着祖国的南大门。这里曾经发生了无数传奇的故事，也出现了很多值得人们记住的英雄人物。

围剿溃散顽敌

在曾经的岁月里，十万大山的贫苦老百姓为了生存，曾组织过许多次抵抗残酷剥削的起义，与黑暗的统治者作斗争。

但是，敌人的力量很强大，人民群众所举行的起义都失败了。当时，许多英雄人物和正义群众在敌人的炮火下，献出了自己宝贵的生命。

后来，在土匪恶霸的蹂躏下，十万山区变得鸡犬不宁，到处是一片破败的景象，老百姓的生活变得更加艰难。到解放前夕，山里的各族人民依然过着衣不蔽体，食不果腹的苦日子。

在白崇禧集团的黑暗统治下，这里更是怨声载道。所有这些情况让解放军极为愤慨，尤其是听到了敌人想继续在这里进行罪恶活动的消息后，纷纷摩拳擦掌，想马上就把敌人打个稀巴烂。

12 月上旬，十万大山依然阴雨连绵，空气阴冷而潮湿。解放军四十三军的战士们连续急速行军 36 个小时，越过了倾斜 70 度的大山脉，趟过一条条冰冷的河，战士们翻山越岭，猛追敌人 100 多公里。

当四十三军的战士们听说敌人企图在这里越过国境，准备逃往外国的时候，大家纷纷表示，决不能让敌人的阴谋得逞。战士们不管脚下的路有多么艰难，都奋力向前奔走。虽然敌人近在咫尺，但要想在迷雾里一下子追上敌人，并没有想象中那么容易。

峡谷里和河滩上尖利的石块，常常划破了战士们的脚板，血把整只脚都染红了。然而，为了不让敌人逃往国外，解放军战士依然奋勇前进！

穷途末路的敌人在十万山区里疯狂逃命，可是他们始终没有跑出解放军的手掌心，最后在国境要镇——隘店村附近，被解放军紧紧包围了。敌人作困兽之斗，在茂密的山林里和解放军展开游击战，妄图突破解放军的包围圈。

而解放军不会放过任何一个敌人，他们把敌人围得紧紧的，看来敌人是插翅难飞了。敌人犹如惊弓之鸟，到处乱跑，经过一阵激烈的交战，纷纷举手投降了。

战斗结束后，解放军俘敌军参谋长以下 4000 余人。企图逃出国境的敌第九十七军，就这样被解放军全部剿灭了。

国民党第一、第十兵团的一些残余势力西逃之后，解放军第十三军马上由钦州向东兴方向围剿敌人；第四十三军一二九师和一二七师三八〇团由钦州以北向上思方向前进；第三十九军一一七师和一一五师由南宁向龙州方向追赶敌第一兵团，剩余的解放军战士就地清扫战场，搜索溃散敌人。

这个时候，解放军战果辉煌，各部队勇猛歼敌，打得敌人落花流水，大家下定决心务必把敌人清剿干净，进而解放广西全境。

1950 年 1 月 8 日，十三军解放了上思，9 日解放东兴、思乐，围歼敌人上千人。之后，十三军主力进入十

围剿溃散顽敌

万大山清剿溃散之敌，敌 6000 多人战败投降。

而解放军第三十九军一一五师在 1 月 10 日占领宁明，11 日于旭唐地区歼敌三十三师残部 1600 余人。没办法，敌第三十三师师长秦国祥就率部 1200 多人投降。然后，一一五师解放凭祥和中越边境一些重镇。

四十三军一二九师在蓬楼、龙楼地区歼敌第四十六军一八八师残部 2000 多人后，马上奔向中越边界追歼逃敌。

一一五师在 1 月 13 日进至隘店，14 日歼敌第九十七军军部及三十三师、八十二师残部 4000 余人，俘敌副军长等人。

在同一时间，解放军某部队俘获敌人三兵团副司令官兼第七军军长李本一、第四十八军军长张文鸿等共 8000 多人。

到这里，广西各地基本获得了解放。从下达作战命令到广西全境解放，历时 34 天，全歼敌"华中军政长官公署"总部及直属部队 3 个兵团部、12 个军部、25 个师另 15 个团，歼灭两个兵团部和 10 个师的大部，共 17 万多人。

四、剿灭土匪势力

● 土匪们煽动群众闹事，纠集匪徒暴乱，高喊着"反北佬"、"反征粮"，聚众攻打县城、抢劫公粮、封锁渡口⋯⋯

● 毛泽东严厉批评说："广西是全国剿匪工作成绩最差的一个省，领导方法上有严重的缺点。"

● 一名战士敏捷地在弹雨中奋力向前，用自己的冲锋枪扫倒一片敌人后，正欲冲向敌机枪口⋯⋯

广西匪乱猖獗

广西各地刚刚获得解放的时候，社会并没有想象中那么和平安定，和其他地方一样，这里的土匪活动很猖獗，严重威胁着人民群众的生命财产安全。

当时，数百股土匪，聚集了近10万多人的兵力，公然与人民政府进行对抗。

这些土匪以国民党军残余势力为骨干，他们流窜、潜伏、混迹在群众里，并以大瑶山、十万大山等地作为反共游击的"根据地"，进而对广西全省实施破坏行动，以此响应蒋介石的"应变计划"。

猖狂的土匪分子血洗大瑶山，逼迫当地人民上山当土匪，甚至冒充解放军打死瑶民，挑拨解放军和瑶族人民的关系，给解放军造成了很坏的影响。

土匪们煽动群众闹事，纠集匪徒暴乱，高喊着"反北佬"、"反征粮"，聚众攻打县城、抢劫公粮、封锁渡口、切断电话线，一股或联合几股搞暴乱、杀人放火、攻打县区乡人民政府、袭击和残害解放军小分队。相当一部分山区和乡村都处于白色恐怖之中。

马上剿灭这些作乱的土匪在当时还有一定的难度，因为广西多为山区，土瘠民贫，封建势力非常强大。

恶霸、地主、匪特割据一方，是不可忽视的力量。

在几种恶势力中，土匪的破坏行动最大，众多匪首利用险要的地势霸占一方，称王称霸，烧杀抢掠，可谓是无恶不作，给广大人民带来了安全隐患。

而蒋介石的纵匪害民政策，更助长了土匪的嚣张气焰，他们杀人放火，奸淫掳掠，无所不用其极，广西匪乱的形势变得严峻起来。

当全国人民庆贺大陆解放之际，国民党残匪，仍企图以广西十万大山特殊的地理、历史和社会条件作为其反共"游击基地"，派遣和组织匪特，大肆活动，妄想出现第三次世界大战，伺机推翻新生的人民政权。

白崇禧在逃往海南的时候，在广西安插了一批特务潜伏此地。

伪军政人员韦明山等人在广西境内网罗国民党的残余势力、特务、反动会门道、地主恶霸等，与土匪联合组织了"黑衫部队"。

这些势力以"破坏地方政权，杀共产党干部"、"反对北方佬统治南方人"、"抗拒征收公粮"、"铲除农会，摧毁共产党政权"为口号，采取"老鼠钻洞，打游击"的战术与解放军对抗，甚至在十万大山的漓江圩一带收粮征税，开设赌场……

1949 年 12 月，李天佑被任命为广西军区副司令员，主管军事，开展了轰轰烈烈的剿匪行动。

然而，在李天佑刚开始剿匪的时候，效果并不是很明显，广西境内的土匪活动十分猖獗。

剿灭土匪势力

毛泽东关注广西剿匪

广西严重的匪患也引起了毛泽东和中共中央的关注。1950 年 8 月，他亲自起草一份电报，严厉批评说：

> 广西是全国剿匪工作成绩最差的一个省，领导方法上有严重的缺点。

无疑，主抓全省军事的李天佑对此负有主要责任，但他也为广西剿匪没有显著成果而焦虑着。

李天佑驰骋沙场 20 多年，他领导下的部队，几乎是战无不胜，没有什么可难倒他的，那为什么这次的剿匪"成绩"会这么差呢？

其实，这并不能完全怪他本人。关键是广西省委对待土匪的政策出了问题。在政策上，省委对土匪"镇压不力"，存在"宽大无边"的偏向。暴乱的土匪头子钟祖培罪恶累累，然而在被抓住后只是简单教育了一下就释放了。其他匪首也是抓了就放，释放后，他们变本加厉，聚众闹事。

另外，省委规定每县只杀一个首恶分子，而且只能由省委批准，而实际上罪恶深重的匪首很多，一地只杀一人，民愤难平，群众也发动不起来。因此，尽管李天佑天天忙于剿匪，但全省土匪却"愈剿愈多"。

为了帮助广西纠正剿匪工作中的缺点，11 月 10 日，毛泽东又亲自来电，限期广西省委要在 1951 年 5 月 1 日前完成肃清全省剿匪的任务。

5 月 5 日，他再次来电，毫不客气地提出了批评。

电文如下：

> 广西解放在西南之前，而剿匪成绩则落在西南之后，为什么这样？请你们加以检讨，并以结果告诉我们。务使全省匪患在几个月内基本解决。

毛泽东的批评使广西省委和广西军区党委大为震动。

广西省委和广西军区立即召开常委会，既作检查，又研究今后的工作方针和计划，并且电报毛泽东。

几天后，毛泽东又发来电报。

电文如下：

> 同意你们对广西工作的初步检讨和方针计划，望照此去做，取得成绩，以利主动地应付时局。

毛泽东四封电报，就是四道金牌战令！他的批评和鞭策，使李天佑大受触动，激动地说道："打了一辈子

剿灭土匪势力

仗，没想到却在这土匪问题上摔了跟头，毛主席的批评像鞭子抽打着我啊！"

李天佑连夜制订了《广西省委四个月剿匪计划》和《全剿大瑶山土匪计划》。

计划制订好后，李天佑又和军区政治部副主任栗在山，带上三名参谋、一名秘书和一个警卫排离开南宁，乘吉普车前往贵县，亲赴剿匪第一线。

一天，李天佑突然接到省委通知：

> 为了加强剿匪兵力，毛泽东派解放军二十一兵团五十三军来广西协助剿匪，先遣师二一九师已到达南宁，兵团司令员陈明仁率领后续部队也即将到达桂林。

李天佑听到这个消息后非常高兴，立即亲赴桂林迎接陈明仁。

这个陈明仁并不是别人，而正是他昔日战场上的老对手。在东北战场上，他率东北野战军一纵队同陈明仁指挥的国民党军七十一军多次交锋，特别是在四平攻坚战中，陈明仁守城，他攻城，两人针锋相对，大战三百回合，最后打成了个平手。有趣的是，在四平攻坚战后，国民党四平"守城功臣"陈明仁反被蒋介石明升暗降剥夺了兵权，调离了四平城。

一年后，李天佑在四战四平中获胜，打了个翻身仗，自己失落的心也得到了一些安慰。本来两人可以说是"缘分已尽"，从此各奔东西。谁知1949年陈明仁和程潜在湖南长沙举行和平起义，加入到人民解放军的行列。昔日的对手竟然成战友了！这次两人在桂林相会，又共同执行剿匪任务，值得期待。

宴会上，李天佑举杯祝酒，对陈明仁率部来桂参加剿匪，表示热烈欢迎。

他风趣地说："我们是老相识了，彼此了解，希望这次合作得很好。"

"没想到几年前我们还是兵戈相见的冤家！现在却有幸在李司令麾下效劳，一定尽力。"陈明仁端着酒杯说。

"哈哈，不是冤家不聚头，老冤家现在成新亲家了！"

席间，两人自然地谈起当年的四平之战。

陈明仁无限感慨地说："你的部队真狠呀，我颁布了不知多少遍《十杀令》，还是拦不住溃兵啊！打仗我不如你呀！"

"四平一战，我也是豁出去了呀！我们都死了1万多人呀！陈司令员也是少有的将才！"

"你在湖南起义，对人民有功，这次来广西，又是为人民立新功呀！"

"毛主席派我来广西，就是让我们联手唱好剿匪这出戏！"陈明仁笑了笑说道。

"毛主席四道金牌令，这次派你到广西是一个激将法呀！我李天佑再不把广西的土匪灭了种，就对不起他老

剿灭土匪势力

人家了！"李天佑也笑。

"哈哈……"两个人一起笑了起来。

随后，李天佑详细地向陈明仁介绍了广西剿匪的情况，两人下定决心一定把土匪清剿干净。

宴会后，陈明仁上书党中央和毛泽东，表示：

一定不辜负党的信任，坚决完成剿匪任务。

毛泽东主席收到信后说："冤家变亲家，对手变同志，看他李天佑如何唱好这出戏！"

原来，毛泽东派陈明仁入桂，果然有激将李天佑之意！

在李天佑、陈明仁的正确指挥下，哪里有土匪，解放军战士就会往哪里追。

昔日的对手如今联手作战，果然产生了奇效。原来极其嚣张的土匪，现在很快就如同丧家犬，死的死，逃的逃，自首的自首，广西剿匪的形势很快好转。

进剿大瑶山

根据毛泽东的指示，在李天佑的指挥下，广西加紧了剿匪步伐，取得的效果很显著。

1951年1月8日，李天佑的部队投入了14个半团的兵力，进剿大瑶山地区的土匪。

进剿地区首先从桂柳线以东，荔浦、修仁以南，抚河（桂江）以西，藤县太平以北，蒙南一带地区开始。

大瑶山位于柳州、梧州、平乐、桂林等4个地区12个县的交界处，南北150多公里，东西50多公里，北与小瑶山相连，山高林密，人烟稀少，地势险要，是土匪盘踞之地。在此盘踞的主要是白崇禧集团在大陆的残部。

解放军开展全面剿匪以来，柳州、梧州、平乐、桂林等4个地区主要匪首和土匪聚集此地，计有8个军、13个师、7个旅、19个团、2个纵队、7个支队等众多番号，共3万多人。这里不仅是桂东北地区土匪的指挥中心，也是广西省的土匪总指挥部。

广西军区对大瑶山地区的剿匪部署是：

> 解放军平乐军分区两个团协同梧州军分区，首先负责剿灭蒙山、昭平以南，藤县、平南以北地区之匪，尔后以一至两个营兵力进占大瑶

山之古林乡、平竹乡，负责肃清该区之土匪。

平乐、梧州军分区立即执行，部队迅速投入蒙山、昭平、藤县、平南一带的剿匪战斗。

这一带的土匪，有的被歼，有的往大瑶山逃命，大瑶山东南面的外围土匪已基本肃清。协同作战的兄弟部队共有32个连的主力部队，7个县大队，2个区中队以及民兵群众数万人，对环绕大瑶山的桂江、浔江、柳江及柳州、平乐公路迅速实施严密封锁，构成了500公里的大包围圈，切断了土匪外逃的去路。

1月8日，总攻开始。各部队对大瑶山外围土匪盘踞点实施多路突袭。

平乐军分区某营夜行军75公里，9日拂晓到达大瑶山东南面的万隆，匪师长王晟已带匪150多人逃往下四莫村。部队马上追到下四莫村把土匪堵在该村两座炮楼里，经过激战，土匪师长王晟被击毙，其余土匪死的死，逃的逃，多数被俘，共歼敌120多人。

1月9日拂晓，梧州军分区4个营和3个县大队进剿设在藤县大黎乡的"反共救国军三路军总指挥部"，土匪不堪一击，闻声逃散。在解放军强大的军事围剿下，土匪纷纷逃往大瑶山腹地金秀。

大匪首甘竞生、杨创奇、林秀山、韩蒙轩等仍做垂死挣扎，强令匪徒在各个险要隘口、山头修筑工事，设置障碍物、插竹签，安设滚木礌石，阻塞道路。

1月15日前后，各路进剿部队全面展开进剿，在分工区域内，以排、班为单位，跟踪追击散匪。至月末，大瑶山外围的剿匪斗争胜利结束。

虽然大瑶山外围的土匪基本剿灭，但有一部分却逃往大瑶山内，和大瑶山内部土匪狼狈为奸，杀人抢掠。大瑶山地区依然鸡犬不宁。

1月上半月的时候，匪首甘竞生、林秀山、韩蒙轩和瑶王李荣保等人在大瑶山的中心金秀召开会议，企图继续和解放军进行负隅顽抗的斗争。

匪首的这次会议之后，大瑶山的土匪破坏行动变得更加猖狂，其手段也极其残忍。土匪欺骗、恫吓、威胁、迫害瑶民，杀光、抢光，以此控制大瑶山。

当时许多瑶民被土匪杀害，仅在大瑶山的长峒、金村、田村、六拉、六段、务本、十锦等地，土匪就杀害了上百名瑶民，许多村子都被洗劫一空。

2月2日，解放军集中了13个营的兵力，浩浩荡荡进入大瑶山内部，决心彻底剿灭土匪。

这个时候，根据剿匪进展，李天佑和前方指挥部穿过大、小瑶山中间的公路，从桂平县迁到了大瑶山东面的蒙山县。

各作战部队快速挺进大瑶山地区。但进去之后，却发现这里行军条件十分艰苦，地形复杂，围剿敌人有一定的难度。

山里面是一片原始的森林，漫山遍野都是参天大树，

剿灭土匪势力

很少能看见人的踪迹，而且常常可以听到野兽的叫声。在高高的树干上，一群顽皮的猴子上下攀缘着，看见人来了就一阵乱蹿，整个树林就热闹起来。

行军条件很艰苦，常常是刚刚翻过了一座大山又要去翻越另一座大山，累得战士喘不过气来。

要翻越一些陡峭的山岩是很困难的，若是晚上没有月亮，战士们就一个踩一个的肩膀，搭起人梯翻过去，紧贴着光滑的岩石摸过去。尽管大瑶山的条件这么艰苦，但大家还是互相鼓励着向前迈进。

李天佑亲自指挥剿匪战斗，各路部队克服重重困难，以大瑶山的金秀、老山、圣堂山等地为中心，进行奔袭合围，由外向内步步压缩。

在围剿土匪的过程中，四三七团来到了瑶王李荣保住的木山乡。在这偏僻巍峨的大山里，战士们看到了两种完全不同的景象：

瑶王住的是高门大院，到处是亭台楼榭，摆设着各种珠宝古玩；吃的是山珍海味，穿的是绫罗绸缎，在祭祀的节日还穿着蟒袍玉带，铺上地毯；在家时，门外有保镖，出门时，坐在漂亮的轿子上。

而广大瑶民，住的却是破烂的茅草房；吃的是木薯，茅棚顶上晒的和河沟里泡的都是木薯，根本没有油水吃，更吃不上菜。大多数人面黄肌瘦，像生了病一样。

看着老百姓如此悲惨的生活，联想到自己遭受的阶级压迫，战士们不禁流下了眼泪。

看到解放军的到来，许多瑶民纷纷走出家门，哭诉着土匪和瑶王的罪恶，激动地说：

"他们霸占了我们多少山田，抢走了我们多少东西，杀了我们多少人啊！你们去山头看看，尸首还臭着呢！"

战士们听了瑶民的哭诉，恨不得立即抓住已经逃跑的瑶王李荣保，消灭一切土匪。他们不怕山高路险，不顾寒冷饥饿，迅速跟踪追击。

在李天佑亲自指挥下，到1951年2月底，大瑶山剿匪斗争胜利结束，前后历时50天。主要匪首杨创奇、甘竞生、林秀山被活捉，韩蒙轩被击毙，其他骨干分子全部被歼，无一漏网。

大瑶山获得了彻底解放。

随后，李天佑指挥部队回师桂西北，收回了放弃的地区。

与此同时，陈明仁在桂西南剿匪也卓有成效。

1951年4月，广西共歼灭土匪33万多人，其中，军（纵队）级以上匪首190人或被捉或被毙，收缴各种武器38万余件，李天佑终于如期完成了毛泽东规定的肃清全省土匪的任务。

为此，毛泽东两次致电进行嘉奖。

剿匪工作完成后，37岁的李天佑升任广西军区司令员。

剿灭土匪势力

除掉恶棍韦明山

伪军政人员韦明山，在国民党的支持和策动下，联合当地的土匪恶霸，针对新政权大肆进行破坏，所以解放军决定除掉这个恶棍。

剿匪部队连续几个月向韦明山发动猛烈的攻击和搜剿。一面联合当地群众，一面还召开伪甲长会、匪属会和投诚人员会，通过向土匪喊话，宣传解放军的政策。

剿匪部队提出了"三不两要"和"两劝一报"的要求。即采取不通匪、窝匪、资匪，不给土匪饭吃、水喝，不给土匪筹粮集款。

另外要登记本保甲匪首、匪属，要登记本保甲匪枪、民枪，劝匪首带匪徒自首；每天报告一次匪情等措施，使得韦明山的压力越来越大。

剿匪部队马上派人组成了数十人的武工队，在当地老百姓的指引下，循着韦明山留下的蛛丝马迹，寻找他们的行踪。这里的地势不是很平坦，四面被崇山峻岭所围绕，中间是一条长 300 多米的凹沟，除了几个垭口外没有别的出路。

韦明山根本没有料到剿匪部队来得这样快，他掏出手枪，大声叫嚷说：

"兄弟们，给我顶住，来的都是些土花儿。"

在解放军的重重包围之下，匪徒们负隅顽抗。敌匪参谋长马秉昆藏在一块大石的后面，举着手里的短枪，亲自组织密集的火力来阻止解放军的进攻。敌人的火力一时间封住了武工队的正面进攻。

　　武工队的战士们怒视着顽固的敌机枪口，下定决心，无论如何也要摧毁它！

　　一名战士敏捷地在弹雨中奋力向前，用自己的冲锋枪扫倒一片敌人后，正欲冲向敌机枪口，不料，一颗子弹击中了他的腰部，顿时鲜血直流，染红了大半个身子，慢慢地就昏倒在地上……

　　武工队发起的猛烈进攻，使得韦明山没一点喘息的机会。他感到这里已经不是他的久留之地了，就打算和匪首岩洛等率领残部逃到杨树坪去，然后从那儿逃出广西，不然就会被解放军给剿灭。

　　就这样，韦明山逃跑了。有一天，当地两个农民正在田里劳动，突然发现韦匪和岩洛带着数十个残匪，往杨树坪泥田方向逃窜。

　　两个农民兄弟跑到罗旧，向解放军驻军部队和区中队报告了上述情况。解放军驻地部队和区中队立即组织一个排的兵力前往合击。

　　当解放军突然将其包围时，韦明山惊慌失措，连忙组织匪兵拼命抵抗。

　　在激烈的交战中，解放军打死了岩洛的老婆，其他匪徒吓得四下逃散。

见不是解放军的对手，韦明山慌忙带了老婆罗氏和两个儿子，在 10 余名亲信匪兵的掩护下，趁机又逃走了。

一天夜里，韦明山潜逃至桃溪铺韦家的院子里，原以为亲族们会收留他，没想到谁都在准备捉他。

韦明山最后落得众叛亲离，变得不知所措，就带着几个亲信，偷偷逃到黔阳县白茅乡，躲在后坡林一带的深山里。但后来，韦明山还是在解放军的追剿下被擒获了。

邕宁清匪反霸战斗

1949年，南宁解放前夕，集聚在邕宁境内的土匪在大塘、南洲、那梧、雅王、太安、南晓、台马等乡进行叛乱，继而将反动势力延伸至其他村庄，并先后攻打区、乡人民政府17次，攻打村庄数十次，杀害革命干部、农会骨干、民兵、支前民工、群众100多人，抓去群众41人，抢走公粮10多万公斤、旧版人民币1亿元以上，破坏桥梁两座、电线20多公里，其手段极其残忍。

匪乱发生后，到1950年3月，邕宁县成立了剿匪工作委员会，省委秘书长李毅任主任委员，县委书记齐广才和解放军第一三四师代理师长张晓冰任副主任委员，统一指挥全县剿匪工作。

驻县部队迅速开展了激烈的剿匪战斗，先后击退了袭击大塘、南晓区乡人民政府和富庶圩、八尺区的匪徒。

6月，剿匪战斗在坛洞、亭那展开。土匪中了解放军佯装撤离那楼圩之计，将匪徒集结于坛洞、亭那、那板等村，企图于端午节（6月19日）再次攻打那楼圩。

谁知解放军早已设伏包围此地，经过一场激烈的围剿战，被击毙、击伤的匪徒就有100多人，俘匪连长以下的匪徒150多人，缴获各种枪支300多支、子弹上千发。

剿灭土匪势力

至 7 月底，解放军仍在不断地对土匪进剿，但因兵力不够集中，对土匪的活动摸不透，匪患此起彼伏，一时难以肃清。

七八月间，广西军区进行部队休整，总结了剿匪经验，对剿匪工作重新作了部署。

陶铸、张云逸、雷经天、莫文骅等领导也多次前往邕宁指导清匪反霸。

邕宁剿匪部队遂以三官区的大塘、南晓、南忠、太安、那梧、台马、那陈等乡和八尺区的蒲庙、那马、刘圩、镇南、伶俐、新江等乡以及四塘、五塘一带为重点，集中兵力对土匪进行围剿。

不久，解放军成功剿灭了三官区股匪，这是南宁地区规模最大的剿匪战斗。

1950 年 9 月 12 日，解放军第一三四师指挥所开进三官区人民政府所在地那陈圩。

从 13 日起，短短的 5 天内，解放军就和凶残的土匪打了 6 仗，均取得了胜利。在此后一个多月的时间里，解放军采取包围、搜索、奔袭、阻击等战术，先后共歼匪 3047 人，俘匪首以下 222 人。

就在三官区剿匪战斗激烈进行的同时，9 月 13 日，那马剿匪战也打响了。

17 日，解放军包围同村，而该村 100 多名狡猾的匪徒早已分散躲藏了起来。

就在解放军搜索敌匪时，村东面突然响起了枪声。

解放军即令两个连循枪声方向追击，追至龙村，将土匪逼进一个大院内，然后用炸药炸倒大院砖墙，院内157名敌匪全部被俘。

刘圩、中和两地的土匪组织性较强，他们久居一地，组织反动政权和军队，每日出操上课，甚至出版油印报纸、传单，在政治上对群众进行欺骗宣传，又征粮、收税，在经济上压榨百姓，气焰极为嚣张，也给解放军的剿匪行动带来了许多困扰。

10月，解放军集中了6个营的兵力，在刘圩、中和展开山地战。敌匪新编第七军军长苏汝民的保镖向人民政府投降后，带着解放军去抓苏汝民。自觉难逃罗网的苏汝民在中和乡那茶村外一间堆肥料的房子里自杀身亡。失去了匪首的敌匪气焰顿减。

至11月8日，解放军在刘圩、中和一带共歼匪1669人，匪患基本肃清。在邕宁北部的四、五、七、八、九塘和双定乡，解放军共歼匪700多人，俘匪300多人，敌匪自新100多人。

剿灭土匪势力

全线封锁大明山

南宁大明山一带也曾发生过激烈的剿匪战。

1949 年 12 月 3 日，武鸣宣布解放，国民党当局在溃逃之际安插了一批特务潜伏此地。而在武鸣东区的白云乡人民政府刚成立不久，也就是 1950 年 4 月 29 日，东区区公所就发生了土匪暴动事件。

原来，武鸣刚解放时，被俘的国民党散兵、"反共救国军"第四号特派员潘克孟，骗取了新政府的信任后当上了东区武装中队队长，他暗中纠集土匪准备暴动。

4 月 30 日凌晨 3 时，潘克孟带领 20 多个土匪冲进东区区公所，把 9 名区公所干部残忍杀害了。

等县武装中队赶到时，天已大亮，土匪逃之夭夭，进入了大明山与韦增广的匪部会合。

1950 年 5 月，武鸣县委成立了"土改训练班"，实际上是剿匪武工队。武工队有 6 个班 72 人。

韦礼清是侦察班班长，全班 12 人，要求会使用各种枪支，有良好的记忆力，有灵活的应变能力，甚至要有好的酒量和掌握各地方言，以便打入匪窝做侦察。

6 月，县委派出了第一个清匪反霸工作队，深入发动群众，侦察土匪。一旦发现匪踪，就立即向剿匪部队和民兵报告，让战士们前去围剿。

1950 年 11 月 15 日，广西军区一位首长还亲自到武鸣县委召开剿匪动员会议。

听了介绍才知道，来者竟是李天佑司令员。

他分析了敌我兵力情况，动员参战干部、县武装大队和广大民兵齐心合力，大打一场剿匪战役，争取全广西在 1951 年 5 月 1 日前剿匪完毕。

1950 年 11 月 16 日，有人报告，在冯村有匪徒偷宰村民的耕牛，正在那喝酒助兴呢。

韦礼清的侦察班忙赶到那里，打听到土匪处所，便假扮成领牛肉的土匪，叫嚷着要多分点。

分肉的土匪却怀疑了，说道：

"我们是按人头分的，你们还吃不饱？"

没等土匪说完，队员已经将枪口对准了他们。

根据审讯，队员掌握了这里土匪的情况，及时汇报上级，迅速包抄了土匪窝。

剿匪初战告捷。

这次围剿，毙匪 1 人，俘虏伤匪 3 人，缴获步枪 3 支，机枪 1 挺，手枪 1 支。

随着武鸣县西、南、北各区土匪被剿灭后，外围剿匪任务基本完成，残匪多被逼入县东部及东北部的大明山中，那里有韦增广的部队、上林的陆华山部队、永淳别动军第四师等 500 余人。

据此，武鸣县剿匪工作委员会决定，在大明山西部的小陆圩设立大明山剿匪指挥部，调集兵力，重点围剿

剿灭土匪势力

大明山土匪。

1951年2月6日，正值春节。凌晨5时，以解放军四五四团、四五五团、四五六团第二营为主，武鸣军分区独立团及武鸣、马山、上林各县大队、区中队、公安队相配合，同时向大明山包抄。

待剿匪部队及民兵集中小陆圩后，解放军向大明山方向发射了三发信号弹。

信号一发，剿匪部队就向马头、白云挺进。

8日，剿匪部队成功对大明山实行了全线封锁，断绝了敌匪的退路，狡猾的土匪就是插翅也难逃了。

四五四团、四五五团及独立团的战士们在地方武装、民兵的配合下分路进剿，最后在大明山山脚沿路20余公里处将逃散匪徒捕获。

接着，武鸣县委在小陆、马头、雷江等地设立了土匪"自新"登记站，动员藏匿山中、缺粮少米的匪徒下山投降。

对大明山实行全线封锁后，从2月8日到25日，大明山区总计歼匪5225人，缴获机枪7挺，长短枪2088支。

匪首韦国权等被击毙，韦显宗、韦子登被活捉。

至此，大明山大部分土匪被歼，只有残匪三四百人逃进深山或外逃。

1951年2月底，大明山剿匪工作已告一个阶段，上级要求只留下四五四团两个连、四五五团两个连和军分区独立团警卫连、炮二连联合民兵追击残匪。

当时的土改训练班就驻扎在韦周屯，区武装中队在雷江街上安营，所以韦礼清的侦察班则在韦周屯驻扎。

3月的某一晚，一支高唱着"没有共产党就没有新中国"的队伍从小明山（朝燕林场）向雷江梁桶屯方向行进。

梁桶屯附近有条大河，韦礼清和战友们就在河边设岗。

解放军哨兵以为是自己人，便让两名战士走过去给他们指路。

谁知来人突然朝他们扑去，将他们扣为人质。

留守岗哨的哨兵见势不妙，边跑边鸣枪发信号。

在韦周屯附近的哨兵听到枪声后，朝枪响的方向看去，那支约300人的队伍正向他这边走来。

解放军哨兵大声喊道："口令!"对方却没有回答，哨兵急忙向空中连开三枪。

居住在这里的组织部长张子安听到枪声后，迅速召集侦察班战士到村外观察情况，发现那伙人已到了韦周屯。

张部长带领侦察班的战士边追边开枪扫射，对方则向那渴屯、古立屯方向逃跑。

当晚下着雨，战士们行进艰难。追至古立屯时，张部长止住了大伙，他说道：

"敌人进了大明山，我军什么时候来收拾都行，何况

剿灭土匪势力

敌人没粮食，在山里待不上几天。"

第二天天还没亮，韦礼清等人就和赶来的解放军长江五支队的官兵沿敌人逃跑的路线搜查。当队伍来到户兰屯前的牛坡时，发现了三位战士的遗体。

愤怒的战士们加紧了搜查，终于在一农户家里发现了一名烂醉如泥的土匪。而村里还插着一面写着"反共救国第一纵队"字样的军旗。原来这是土匪第四师的残部！他们在那马县的马山与解放军激战了两天两夜才逃散至此的。在当地农民的带路下，剿匪部队向深山处搜去。

战士们爬到山上一块大石后，土匪的踪迹就没了。于是就顺着山藤往崖下探路，过了山崖，来到一片杂草丛生的地方，突然发现了人走过的痕迹。

带路人说，前面就是"内哄"（壮语，地名），那里有间草房，是山里人用来烤香菇的地方。果然，那间草房上冒着好大的烟，肯定是土匪在里面煮吃的。

韦礼清就带上12名解放军战士，携冲锋枪摸到那所房子附近，其他战士则在外围埋伏。半小时后，占据高处的韦礼清等人首先向敌人开火，惊慌失措的土匪伤亡大半。土匪想冲出草房，却没一个能冲过门槛，战士们的火力堵住了土匪的出路。

经过一个小时的战斗，土匪终于投降了。当场俘虏土匪41人，缴获机枪2挺、冲锋枪3支、步枪100余支、子弹1700多发。可惜的是，我们牺牲了5名解放军战士。

这一次，韦礼清荣立了战功。

1951年3月6日，匪司令韦增广男扮女装，昼伏夜行，在城西五海桥处被抓获。3月10日，解放军和民兵在自新土匪的带路下，于大明山象头山下的"溪蒙"（地名）围剿了小股土匪，击毙10人，俘虏2人。

当年5月，大明山的剿匪战斗基本结束，虽仍有极少数土匪躲藏在深山里，但已成不了气候，之后也慢慢被清剿干净了。

在广西剿匪对匪巢的最后总攻阶段，除了对大瑶山、邕宁、大明山等地的匪巢进行清剿外，梧州专区从1949年12月至1951年4月，共歼灭土匪35121人，其中匪首2496人，匪众32625人，击毙击伤2645人，俘虏16448人，土匪投降自新14844人，改编土匪1184人，缴获迫击炮、六〇炮30门，机关炮12门，高射机枪、重机枪、轻机枪331挺，长短枪433717支，火箭筒、掷弹筒、枪榴筒17个，各种炮弹2545枚，手榴弹2325枚，各种子弹605743发，以及一批无线、有线通信设备和其他物资等。

平乐专区从1949年12月至1951年4月共歼匪38710人，其中匪首181人，匪众38529人，击毙击伤1268人，俘虏14053人，土匪自新9875人，缴获迫击炮、六〇炮17门，土炮75门，各种机枪炮471挺，长短枪24510支，各种子弹72.93万发，电台7部。

梧州、平乐两专区在两次重点进剿中，各级公安机关紧密配合，调查掌握匪情，向部队提供情报信息，宣传发动群众。

公安处领导亲自带领干警深入重点匪区，配合开展政治攻势，争取匪降工作，取得明显成效。匪"十二军"四、五、六、七师师长余伟年、蒙福枢、覃荣、陈伯豪及骨干分子廖凯几、杨国英、何岳斌、邓继武等相继投诚。公安部门配合带路、堵截、查卡、追捕等行动，活捉匪首覃荫东等14人，争取匪众400多人投诚，大力配合部队进剿，肃清了匪患，为剿匪斗争的最后胜利作出了重要的贡献。

参考资料

《歼灭白匪解放广西》蒋牧良等著 中南新华书店

《中国革命战争纪实》金立昕著 人民出版社

《玉林解放50年大事记》本书编委会著 广西人民出版社

《解放战争大全景》豫颖主编 军事谊文出版社

《第四野战军征战纪实》魏碧海著 解放军文艺出版社

《大追剿》尹杰钦，刘道林著 广西人民出版社

《大决战：纵横中南》凌行正著 长征出版社

《四野1949》傅静，铁军，宣村著 黄河出版社

《新桂系纪实：续编》本书编委会编著 广西人民出版社

《广西剿匪斗争回忆录》李天佑著 广西人民出版社

《十大王牌军》本书编委会编著 广西人民出版社

《第四野战军战史》本书编委会编著 解放军出版社

《震撼人心的历史瞬间》樊易宇，邓生斌著 长征出版社

《四野十大主力传奇》魏白著 黄河出版社

《解放军英雄传》本书编委会编著 解放军出版社

《五十年国事纪要》余雁著 湖南人民出版社

《铁壁伏匪记》 邓德礼著 贵州人民出版社

《西南大剿匪》 欧杜主编 国防大学出版社

《大决战挺进西南》 吴辅佐著 长征出版社

《开国大镇反》 白希著 中共党史出版社

《国史全鉴》 本书编委会编著 团结出版社